책(冊)은 마음의 선물입니다.
책을 선물하는 당신, 당신은 아름답습니다.
당신의 따뜻한 마음을
당신의 소중한 그 분에게 전하세요.. *^^*

From _____

To _____

아이들의
생각주머니

초판1쇄 인쇄 ｜ 2009년 12월 15일
초판1쇄 발행 ｜ 2009년 12월 22일

출판등록 번호 ｜ 제 2006-38호
출판등록 일자 ｜ 2006년 8월 1일
사업자등록 번호 ｜ 206-92-86713

ISBN ｜ 978-89-960810-6-7 03810

주소 ｜ 138-873 서울특별시 송파구 풍납동 484-12 1층
전화 ｜ (02)2294-9105
팩스 ｜ (02)2295-6103

홈페이지 ｜ www.MorningBooks.co.kr
Email ｜ morning@morningbooks.co.kr

지은이 ｜ 김은주

펴낸곳 ｜ 아침풍경
펴낸이 ｜ 김성규

편집디자인 · 일러스트 ｜ JUNGLE PRESS / 리드컴
표지디자인 ｜ Design CRETA

Published by AchimPoongKyong Co., Ltd. Printed in Korea

아이들의 생각주머니를 통해서
우리 아이들이 어떻게 세상을 보고 느끼는 지를 읽어보세요.

엄마가 꼭 읽어야 할

아이들의
생각주머니

Preface

● ● ● ● ● ●

아이들이 하는 말에서는 맑은 방울 소리가 난다. 세상 규격에 맞추어 자라나 어른이 되고 나면 들을 수 없는 고유한 소리다. 아이들이 자라는 만큼 늘어난 추억 뒤로 부모를 웃게도 울게도 했던 우리집만의 '아이들 어록'들이 그리 아까울 수 없다. 머릿속 녹음기의 잦은 고장으로 글로 적기 시작하니 어느 새 책 한 권이 되었다.

아이들을 생각하며 책장을 다 넘기고 두 눈을 지그시 감으면 우리집만의 빛나는 '아이들 어록'들을 떠올릴 수 있는 행복한 자투리 시간을 얻으리라. 그 시간이 이 책의 알찬 부록이다.

은지와 지윤이 엄마 **김은주**

주요 등장인물 소개

엄마
아이들 눈높이에 맞추고
자 늘 노력하는 엄마. 심
한 건망증을 아이들의 사
랑과 염려증으로 극복하
는 중

아빠
몸무게를 톤으로 논하자
는 김씨네 대장. 맛있는
거 혼자 먹는 사람을 제
일 싫어하는 아빠

은지
우리집 첫째로서 어른스
럽고 항상 밝은 아이 때
론 친구처럼 느껴지기도
한다. ㅡ:

지윤
엽기, 애교로 대표되는
막내의 특성에 자신만의
고유한 언어조합이 특기
인 김씨네 둘째

상민
눈웃음과 충만한 자신감
이 매력인 우리 동네 순
수 소년

Contents

첫 번째 章

01 '싫어' 증은 싫어! 014

02 내가 엄마를 얼마나 사랑하는지 016

03 우리집엔 무슨 일로? 018

04 참으려 했지만 020

05 안녕? 나 승연이삼 022

06 컨설팅 담당 024

07 세상사 너무 신기한 026

08 코끼리가 되고 싶어요 028

09 본색을 밝혀라! 030

10 아빠 냄새 032

11 내 소원은 034

12 솔직함의 대가 036

13 인생을 아는 037

14 참아야 돼! 038

15 생활 속의 전투 040

16 나만의 명작 042

17 '사랑해' 044

18 나름의 해석 046

19 어쩌나 048

20 맴맴맴 매애앰 050

21 힘내라 힘! 052

두 번째 章

㉒ 스스로 인기만점 ‥‥‥‥‥‥‥‥‥‥‥ 056

㉓ 초코파이 정 ‥‥‥‥‥‥‥‥‥‥‥‥ 058

㉔ 정말 안 될까? ‥‥‥‥‥‥‥‥‥‥‥ 060

㉕ 이이 엄마가 신사임당 맞아? ‥‥‥‥‥ 062

㉖ 드라이아이스 타령가 ‥‥‥‥‥‥‥‥ 064

㉗ 아~ 답답해 ‥‥‥‥‥‥‥‥‥‥‥‥ 066

㉘ 돼지꿈 사세요 ‥‥‥‥‥‥‥‥‥‥‥ 068

㉙ 나 화났어 ‥‥‥‥‥‥‥‥‥‥‥‥‥ 069

㉚ 우리 집 주치의 ‥‥‥‥‥‥‥‥‥‥‥ 070

㉛ 명쾌한 토론방 ‥‥‥‥‥‥‥‥‥‥‥ 072

㉜ 이순신 장군 ‥‥‥‥‥‥‥‥‥‥‥‥ 074

㉝ 나만의 처세술 ‥‥‥‥‥‥‥‥‥‥‥ 076

㉞ 내 피자는 어디로? ‥‥‥‥‥‥‥‥‥ 078

㉟ 상장을 원하시나요? ‥‥‥‥‥‥‥‥ 080

㊱ 완전 복사 ‥‥‥‥‥‥‥‥‥‥‥‥‥ 082

㊲ 쉬는 시간 최고! ‥‥‥‥‥‥‥‥‥‥ 083

㊳ 내가 본 아빠 ‥‥‥‥‥‥‥‥‥‥‥‥ 084

㊴ '운명'에 더하다 ‥‥‥‥‥‥‥‥‥‥ 086

㊵ U턴이라 함은 ‥‥‥‥‥‥‥‥‥‥‥ 088

㊶ 그리운 시절 ‥‥‥‥‥‥‥‥‥‥‥‥ 089

세 번째 章

42 똥이 쉬처럼 ··· 092

43 끝말잇기는 어떠세요? ························· 094

44 친구 집엔 부추전을 ····························· 096

45 엄마 손이 최고야! ······························· 098

46 이럴 땐 이런 말 ································· 100

47 언젠간 안고 말테야! ··························· 102

48 주께다써써 ······································· 104

49 마음속의 친구 ··································· 106

50 우리 집처럼? ····································· 108

51 사람마다 달라요 ······························· 110

52 보였다, 안 보였다 ····························· 112

53 한 치의 오차도 없는 누룽지 ············· 114

54 씨, 씨, 씨를 뿌리고 ··························· 116

55 안 믿겨 지시죠? ································· 118

56 내가 맛있어? ····································· 120

57 내 얼굴은 종합 선물 세트 ················· 122

58 아이들표 해물파전 ····························· 124

59 달고나 방귀 ······································· 126

60 '우웩' 이지만 ··································· 128

61 너는 똥개이니까 ······························· 130

62 엄마 닮았네! ····································· 132

네 번째 章

㉒ 대통령은 어때?　136

㉓ 즐거움의 기준　138

㉕ 무얼 타고 내려오게요?　140

㉖ 보고 싶어 눈물 나지만　142

㉗ 첫 경험이 중요해　144

㉘ 잘 키워주세요　146

㉙ 여가 아닌가벼?　148

㉚ 여왕개미 잡는 법　150

㉛ 천도복숭아 500개　152

㉜ 허무와 바꾸다　154

㉝ 아빠는 언제 철드나?　156

㉞ 엄마는 고추가 세 개　157

㉟ 나쁜 놈　158

㊱ 내 질문은 나답게　160

㊲ 완전한 사랑을 위한 필수품　162

㊳ 대책이 없는 건 아니에요　164

㊴ 눈물 버리는 곳　166

㊵ 슬픔을 바가지로 담자면?　168

㊶ 난생 처음　170

㊷ 마지막이 제일 좋아　172

㊸ 비바람 휘날리며　174

맑은 방울소리

첫 번째 章

아이들의 눈으로 보는 세상은 작다.
그러나
아이들이 표현해 내는 세상은 너무도 넓고 크다.

'싫어' 증은 싫어!

지윤이 이야기

햇살이 중천에 걸려 집안의 모든 생명력이 현관으로 뻗칠 즈음. 햇살 하나가 딸랑딸랑 소리를 내며 들어온다. 오늘은 울리는 소리가 영 시원찮다.

"엄마 현진이는 실어증이야."

쿵하는 가슴으로 딸아이를 끌어안는다. 보듬고 보듬으면 현진이가 나을 것처럼.

여덟살에 실어증을 앓는 현진이나 벌써 그런 몹쓸 병을 보고만 지윤이나 모두 가슴 아프다.

"놀기도 싫어, 밥 먹기도 싫어, 노래도 싫어, 다~ 싫어. 현진이는 싫어증이야."

세상사 놀라는 일에만 익숙해진 내게 들린 '싫어증'

화를 내는 지윤이를 보며 입안 가득 밀려나온 웃음을 꿀꺽 삼켜본다.

내가 엄마를 얼마나 사랑하는지

지윤이 이야기

서로를 얼마만큼 사랑하는지 가끔 딸들과 이야기를 하다가 웃을 때가 있다. 그때만큼 엄마의 사랑을 확인한 아이들의 표정이 행복해 보이는 때도 드물다. 책장으로 쓰던 것을 아이들 옷장으로 변신코 자 내 생애 두 번째 페인트 붓을 쥔 날.

페인트가 쏟아 내는 냄새에 괴롭기 시작할 즈음 지윤이가 들어왔다. 그리곤 이렇게 퀴즈를 낸다.

"엄마, 지윤이가 얼마만큼 엄마를 사랑하는지 아세요?"

"글쎄…… 하늘만큼 땅만큼?"

늘 나오던 첫 번째 대답으로 건성건성 흘려낸다.

"아니. 내가 바람을 잡을 수 없는 확률만큼, 그만큼 엄마를 사랑해 요."

페인트의 마취효과가 그 바람을 타고 싸악 사라진다.

"지윤아, 너무 멋있다. 정말 그만큼이나 엄마를 사랑해?"

끄덕끄덕하던 지윤이는 흡족한 얼굴로 나를 껴안고 쪽 소리를 내고는 사라진다. 내가 보던 아이의 행복한 표정을 지윤이는 내게서 보았으리라.

난 다시 세상에서 하나뿐이고 제일 예쁜 옷장을 위해 마치 화가처럼 붓을 놀린다. 내 표정만큼만 옷장에 칠이 입혀지기를 바라면서……

우리 집엔 무슨 일로?

상민이 이야기

여성스러운 이웃집 꼬마 상민이가 다섯 살 때. 베란다에서 놀다가 사색이 되어 엄마한테 뛰어왔다.

"엄마, 모르는 사람들이 모두 우리 집으로 들어와!!!"

네모난 상자를 쪼개 사는 아파트의 특성을 아직 간파하지 못한 상민이가 출입구로 들어오는 사람들을 보고 놀라 한 말이다.

상민이를 다독이던 상민 엄마의 손끝에 한숨이 따라붙는다.

"상민아, 이 아파트가 다 우리 집이면 얼마나 좋겠니……."

나도 동감.

참으려 했지만

상민이 이야기

웃음소리로만 보면 탤런트 전원주씨 손자일 것같은 이웃집 상민이.

엄마가 부실한 탓에, 맨 정신으로 이유없이 다리 꼬여 넘어진 날, 깁스라는 걸 처음 보았다. 뿐인가 아빠가 설거지하는 것도 태어나 처음 보았다. 아빠가 설거지하는 걸 못마땅하게 보더니 살며시 엄마한테 와서 하는 말.

"엄마, 아빠가 엄마 꺼 만져."

"상민아, 그거 엄마 꺼 절대절대 아니야."

안녕? 나 승연이삼

승연이 이야기

실제로는 그리 오래지 않음인데 늘 기억으로는 까마득하게 느껴지는 것이 어릴 적이다. 그때의 수많은 '나' 들은 해질녘이라는 마감시간 전까지 고무줄놀이, 자치기, 술래잡기 등등으로 공간 속에 섞여 있었다. 그러나 요즘 아이들은 너무도 바빠서 각자의 컴퓨터라는 가상에서 만나든가, 순식간에 공유하고 헤어질 수 있는 1회성 모임을 만들기 일쑤다. 승연이네 학교에선 아이들끼리 팀을 만든단다. '스티커 팀', '필통 팀', '샤프 팀' 등등. 서로 팀 성격에 맞는 물품을 갖추는 것이 대부분의 활동이지만 그래도 친구와 함께라 즐겁다니 다행으로 여겨야 할는지…….

승연엄마가 물었단다. 승연이는 무슨 팀이냐고. 그랬더니 되돌아 온 대답이,

"응, 난 다 시시해서 아무것도 안 들었어."

'이것이 드디어 왕따의 길로 들어서는 구나' 하고 걱정이 된 엄마가 그럼 무언가 하나 만들라 했더니 다시 돌아온 대답이,

"글쎄, 책 읽고 얘기하는 팀을 만들까?"

부모 입장에서야 신통방통한 모습이지만 마냥 좋아할 수도 없는 일. 더욱 교우관계에 대한 불안감에 남편을 찾았단다. 자초지종을 들은 남편이 걱정스러운 심사를 덮고 다감한 모습으로 승연이에게 제안을 했다.

"승연아~ '지우개 팀'은 어떨까?"

'글쎄, 별로'라며 전화기를 들고 방으로 들어가는 딸을 보며 새로운 고민에 발걸음 소리 줄여 좇아가 방문에 귀 기울이니 이런 소리가 들렸다.

"안녕하삼? 나 승연이삼!"

휴~ 기우였으니 기뻐해야 할지, 다시 또 '요즘 아이들'이란 대열에서 벗어나 반듯하기를 바라야 하는 것인지, 정말 종잡기 힘든 부모의 맘으로 돌아왔단다.

컨설팅 담당

은지 이야기

"어머, 산뜻하다."

"귀여워 보여요, 잘했네."

"짧은 머리가 더 잘 어울리네."

"퍼머 잘 나왔네."

"고마워요, 어색했는데……. 어, 은지야? 엄마 여기 있다."

"은지야, 엄마 어때?"

"……. 모자 쓰고 다니세요."

"……"

내일 모자 사러 가야겠다.

세상사 너무 신기한

은지 이야기

휴일이면 여지없이 막히는 귀가길이다. 샛길도 없으니 마음을 평정하고 익숙한 길에도 호기심을 불러들일 밖에…….

창 밖으로 두리번거리던 눈길들이 커다란 광고판에 모였다. 한복을 예쁘게 입고 연지곤지 찍은 여자아이 사진 아래 이런 문구가 눈에 띈다.

'참으로 용한 8살 아기보살. 01* -***-****'

용하든 그렇지 않든 저렇게 걸려있는 아이가 안쓰럽다고 생각할 때 은지가 부른다.

"엄마! 저기봐! 여덟 살인데 아기를 보살펴 준대."

그리고 이어지는 주저리주저리.

"어떻게 그럴 수 있지? 학교는 안 가나? 정말일까?"

은지 덕분에 잠깐 웃었지만, 무속신앙에 갇힌 그 아이와 되도록이면 늦게 알기를 바라는 몇 가지를 위해 참으로 대견한 아이로 마무리 지었다.

꼬끼리가 되고 싶어요

정원이 이야기

오랜만에 옛 동네에서 친했던 세 집이 모였다. 끊임없는 수다 끝에 아이들 장래희망을 묻는 순서에 도달했다.

"나는 기름 넣어주는 아줌마."

우리 둘째가 먼저 대답한다.

"나는 백화점에서 인사하는 예쁜 언니."

다른 집 둘째가 대답한다. 아 ~ 우리 아이들 꿈은 참으로 소박하구나. 실패할 일은 없겠다.

"그럼, 정원이는 커서 뭐가 되고 싶니?"

"저는 으~음, 코끼리가 되고 싶어요."

"……"

"……"

다소곳함으로 눈에 띄는 여섯 살 아이, 정원이 꿈에 상처를 줄 까봐 정원이가 안 보일 때까지 참았던 웃음을 시원하게 쏟아들 낸다. 장래희망이 꼭 직업이어야 한다고 누가 그랬던가?

본색을 밝혀라!

정우 이야기

아이들은 가끔 내게 세상에서 가장 무서운 것이 무어냐고 묻는다.

그럼 나는 지체없이 귀신을 꼽곤 한다. 남들이 개꿈 꿀 나이가 지났다고 하는 나이임에도 나는 종종 긴 머리 휘날리며 달려오는 하얀 소복 차림의 귀신 때문에 식은땀을 꽤나 흘렸다. 엄마는 늘 이겨보라고 하시지만 꿈속의 나는 번번이 사력을 다해 아슬아슬하게 도망치다 눈을 뜨게 되는 것이다. 아~ 지금도 무섭다. 그런데 우연찮게 귀신 물리치는 비법을 들었다.

정우네 집엔 특이한 문 하나가 있단다.

바로 '비만의 문'.

갑자기 불어나는 아들의 몸매를 걱정하던 정우엄마가 모든 간식을 한 곳에 넣어 두고 '비만의 문'이라는 이름을 붙여 둔 것이다. 하루는 그 비만의 문에서 과자를 꺼내 나누어 먹던 형 일범이와 정우가 이런 이야기를 나누더란다.

"형아, 꿈속에 귀신이 나타날 땐 '본색을 밝혀라' 하고 소리쳐봐. 그럼 도망간다.”

　“정말? 진짜야? 꼭 해봐야지.”

　굳은 결심이 효과를 보았는지, 형 일범이가 드디어 꿈속에서 귀신을 만난 날 용기를 내 ‘본색을 밝혀라!’ 라고 했단다. 그랬더니 고민하는 모습으로 사라졌다나. 진짜 신기하다며 일범이는 정우에게 정말로 고마워하더란다. 아마도 자신의 정체성을 한 번도 생각하지 못하다가 받은 질문이라 당황하여 물러났나 보다. 아니면 정우 꿈에서 도망쳐 나온 같은 귀신일 수도 있겠고.

　여하튼 자신의 본색을 잘 드러내는 귀신만 아니라면 두 번의 검증을 끝낸 비법이니 통하리라 믿어 본다. 문제는 내가 꿈속에서 입을 뗄 수 있느냐이다.

아빠 냄새

지원이 이야기

지윤이가 요새 부쩍 엄마 끌어안기를 하고 있다. 하루종일 안고 있고 싶다는 말로 내 입이 벌어지게도 한다. 엄마 품이 최고인 지윤이를 보며 '우리 애기'라는 소리가 절로 난다. 얼마 전 지원이가 놀러 왔다. 신나게 놀던 아이들이 전화 고장 신고를 받고 오신 아저씨 뒤로 무슨 재미난 구경거리 난 듯 달려왔다. 소파에 누워 길게 목을 빼고 지켜보던 지원이가 혼잣말을 한다.

"아~ 아빠 냄새 난다."

순간 짠한 눈길이 지원이에게로 달려간다. 중국 상해에 발령을 받고 아빠가 먼저 출국하신지 벌써 수개월째. 지원이는 화상채팅으로만 아빠를 만난다. 보여도 느낄 수 없는 아빠의 부재가 지원이에게 그리움이라는 나무를 키우게 하고 있는 것이다. 곧 남은 가족도 상해로 가 아빠를 만나겠지만 그 한마디에 생기는 안쓰러움을 어찌할 수 없다. 그렇게 내가 어찌해야 하나 고민하고 있는데 아저씨가 장난기 섞인 말로 응대를 한다.

"너희 아빠 담배 무진장 피우시는구나."

울다 웃으면 안 된다 했거늘 나도 모르게 짠한 감정을 채 거두기도 전에 웃음이 번져 버린다. 26년간 담배 연기의 고통에서 해방을 시켜준 이가 자신이라며 감사함을 강조하는 남편이 아니더라도 나는 담배 냄새가 지독히 싫다. 그런데 그날 처음으로 지원이에게 잠시라도 아빠를 느끼게 해준 그 담배 냄새가 싫지 않았다. 그 일 이후로 나는 가끔 고개를 숙이곤 킁킁 내 냄새를 맡아 본다. 지윤이가 오래도록 기억할 엄마 냄새가 좋았으면 하는 바람이 생겼기 때문이다.

내 소원은

상미 이야기

우리 집 공식 소원 빌기 행사는 1년에 두 번 있다. 새해 첫날과 추석.

한해의 마지막 날 다음해 가족계획을 세우고, 한 해 동안 열심히 나름의 계획을 성실히 수행한 가족에게 포상도 한다. 그렇게 한 해를 마무리하고는 해맞이를 나선다. 우리 집 소원 빌기 지정 장소 중 하나는 올림픽 공원으로, 추석 때 달을 보며 각자 소원을 빈다. 다른 한 곳은 인천 공항 가는 도로 위 다리로, 해맞이를 하면서 소원을 빈다. 달 보고, 해 보고 비는 소원이 꼭 성취되리라는 믿음을 갖기엔 나이가 너무 많음에도 두 손을 모으고 기도를 시작하면 간단하리라던 내 소원은 끝이 없이 길다. 나이만큼 욕심이 느는 게다.

올해는 고모네 가족이 서울에 왔다. 그리하여 한 해의 끝과 시작을 함께 하게 되었다. 2006년 1월 1일 해맞이를 위해 졸린 눈 비벼가며 차에 올라서 고모 딸인 네 살 상미에게 어떤 소원을 빌 것인가 물었다.

"달님이 똥그랗게 해 주세요, 할 거에요."

동그란 눈에 수줍음을 담고서 4살 상미가 대답한다. 무언가 특별한

대답을 기대한 것은 아니지만 예상을 빗나간 듯한 대답에 귀여워 소리 내
웃었다. 두 손을 모음과 동시에 꼬리에 꼬리를 무는 내 소원이 부끄럽다
는 생각도 함께 든다. 상미는 적어도 한 달에 한번은 자신의
소원을 해님이 들어주었다는 기쁨을 맛볼 터이다.

　작은 깨달음을 상미에게서 받고서 도착한
곳. 짙은 안개로 뜨는 해를 보진 못했지
만 모두 나와 커다란 심호흡과 진심 어
린 소망 빌기 시간을 갖는다. 올해는
해에게 바라는 내 소망주머니가 조
금은 가벼워졌다. 그만큼 더 많은
기쁨을 채워 넣는 한 해가 되리라.

솔직함의 대가

지윤이 이야기

"우리 엄마는 요리사에요. 전 엄마가 해주는 요리가 세상에서 제일 맛있어요."

아~ 뿌듯하다. 적어도 2주일에 한번은 처가로 가 위를 달래고 와야 한다는 아빠와는 다르다.

"와, 진짜? 엄마가 무슨 요리를 제일 잘 하시는데?"

"응~ 간장 밥하고요, 계란밥이요. 진짜 맛있어요."

"......"

내 친구와 딸아이의 대화란 게 정말 다행이다. 휴우~

보너스 레시피

1. 간장 밥 : 따뜻한 밥에 적당량의 간장
   과 참기름, 깨소금을 넣어 비빈다.
2. 계란 밥 : [1]의 요리에 계란프라이
   나 스크램블을 얹는다.

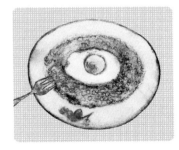

인생을 아는

지윤이 이야기

"엄마 왜? 기운 없어?"

"그럼 빨리 밥 먹어."

"엄마 왜? 슬퍼?"

"엄마, 그럼 밥 먹어."

밥심이라는 게 모든 것의 만병통치약인 줄 아는 모양이다. 그러나 생각해 보니 만사 밥심으로 버틸 수밖에 없다. 우리 지윤이가 벌써 인생을 아는 듯 하다. 밥 먹는 내 옆에서 지윤이가 노래한다.

"엄마 힘내세요. 지윤이가 있잖아요. 엄마 사랑해요. 지윤이가 사랑 해요. 엄마 !"

지윤이도 밥심보다 더 대단한 게 있다는 것을 곧 알게 될게다.

참아야 돼!

상민이 이야기

벌써 3학년인 상민이.

당연히 자신의 응가는 자신이 처리한다. 그런데 어제 아차차, 실수로 변기에 자신의 똥을 묻혀버린 것이다.

"엄마, 이것 좀 닦아 줘!"

"안돼, 네가 처리해."

자립심을 으뜸으로 치는 상민이 엄마가 순순히 해 줄 리 없다.

그러면서도 신경은 화장실 쪽으로 쏠리는데, 이런 소리가 들렸다.

"참아야 돼. 니 똥이잖아. 참아야 돼. 넌 할 수 있어."

"참아야 돼. 니 똥이잖아. 참아야 돼. 넌 할 수 있어."

상민이가 자신의 실수를 닦아내며 이렇게 혼잣말을 하더란다. 귀여운 녀석, 마인드 컨트롤은 어른들만 하는 것이 아닌가 보다.

생활 속의 전투

상민이 이야기

옆집에는 현주, 옆 동에는 은지.

유치원을 파하고 돌아오면 놀 수 있는 상대는 여자 친구뿐. 모처럼 남자 친구와 집에서 놀게 된 날, 깊은 곳에 잠재되어 있던 전의를 느끼며 새 놀이를 하게 되었다. 이름하여 전쟁놀이. 신나게 전쟁놀이를 하는데 들리는 대사가 이렇단다.

"문질르자, 문질러!!!"(무찌르자, 무찔러!!!)

"양념 테이프로 묶어라."(양면테이프로 묶어라.)

너무 많은 생활 속의 전의를 불태운 전투였단다.

우리집에도 많은 웃음을 주었던 유아시절 어록들이 있었는데……

오늘은 책 대신 눈을 감아봐야겠다.

나만의 명작

은지 이야기

남편이 아침 식사를 마친 식탁에 은지가 앉는다. 남편 배웅을 한 후 들어오니 은지가 부른다.

"엄마, 이것 좀 봐. 내가 만들었어. 어때?"

밥 속에 있던 검정 약 콩 두 알로 눈을 만들고 김치에 있던 실파로 머리 만들고, 새우볶음에 있던 새우로 입을 만들고, 배경은 고추국물로……

"그래 멋지다."

늦게 일어난 지윤이가 무슨 일이냐고 묻는다.

"응, 언니가 장난했어."

"아니야! 작품이라니까~"

"아, 미안. 언니가 작품 만들었어."

아이들은 늘 나만의 명작을 만든다. 엄마들은 아이들의 명작을 눈여겨 보기도 전에 쓸어 담는다. 모두 간직하기엔 우리 집 화랑이 너무 작지만 눈여겨 가슴에라도 걸어 놓아야겠다.

'사랑해'

은지 이야기

다른 밤과 마찬가지로 잠자리에 든 딸아이 곁에 누웠다.

쪽쪽 거리고 사랑한다는 말을 서너 번씩 주고받다가 문득 은지의 유치원 때의 일이 생각났다.

유치원 부모님 초대의 날. 수업 참관을 위해 교실 뒤에 빙 둘러 앉았다. 무대와 객석처럼 나누어진 모습이 재미있다는 생각을 하는데 선생님께서 말씀하신다.

"이번 행사를 위해 엄마를 그리라고 했습니다. 그리고 엄마께서 자기에게 가장 많이 쓰는 말을 적어보라 했지요. 재미있는 의외의 답이 많았습니다. 예상했던 '사랑해'는 거의 없더군요. 아이들 그림과 아이들이 기억하는 엄마의 말을 찾아보시고 다음 방으로 가겠습니다."

순간 묘한 긴장감이 감돌았고, 무슨 말을 했던가 더듬는 복잡한 기억의 회선들이 엉키듯 모두 게시판으로 몰려들었다.

'문 잘 잠가라' '열쇠 잃어버리지 마라'

제일 많이 나온 말이다.

'빨리 먹어' '너 혼난다' '빨리빨리'

우열을 가리기 힘든 다음 순이다.

다행히 은지는 '사랑해'라고 적었다.

아무렇지도 않게 하는 엄마의 말을 기억에 남는 생활의 메시지로 간직하고 있는 아이들을 보며, 보이는 행동만큼 들리는 말 속에서도 아이들은 자란다는 생각을 했다. 아직도 나는 아이들에게 사랑한다는 말을 하루 중 가장 많이 쓴다. 그러나 아이가 조금 더 자라 공부를 덮고, 먹고, 듣고, 이 땅에서 생활의 전부가 될 나이가 되었을 때, 그 때에도 나는 '공부해라, 공부해라' 대신 여전히 '사랑해'라는 말을 더 많이 쓸 수 있을지 자신이 없다.

나름의 해석

진수 이야기

등판만 보면 저절로 '아저씨' 하고 실수할 것 같은 진수.

내 아이들도 언젠가는 물고 빨고 할 수 있는 갖가지 나의 애정행각을 멈출 시기가 올 것이라는 불안감을 늘 그 아이를 통해 느낀다. 진수가 어제는 중간고사 대비 국어 문제집을 풀었다.

다음 문장에서 'ㄱ'에 알맞은 뜻은?

ㄱ. 귀 빠진 날······.

진수가 망설임도 없이 적었다.

'아무 말도 듣지 않는 날'

문장을 모두 읽었다면 뜻을 몰라도 이해했을 '귀 빠진 날'. 중간고사 기간이 끝나면 정말 아무 말도 듣고 싶지 않을 시간이 오겠지······. 학생들에게는 꽤 신나는 날이 될 것 같다.

다음 문장에서 ㄱ에 알맞는 뜻은?

7. 귀빠진날

　(아무 말도 듣지 않는 날)

어쩌나

준희 이야기

아이들과 어른의 차이는 무엇일까?

선택의 기로에 서 있는 시간이 짧다는 것, 오늘의 친구를 내일의 적으로 만들지 않는다는 것, 뒤끝이 없다는 것, 마음과 얼굴색이 동시에 바뀐다는 것, 어른들은 모르는 고유한 언어가 있다는 것……. 또 하나, 뒤돌아보지 않는다는 것.

밤에는 말린 옥수수 알처럼 얌전하던 것이 기상과 함께 팝콘처럼 투두둑 터져 곱절의 곱절이 되는 것이 집안일이다. 유난히 팝콘이 잘 터지는 날엔 목소리의 톤이 한 옥타브 더 올라가게 된다. 그날 친구도 그랬단다. 너무너무 화가 나서는 누가 들으라는 뜻은 없었지만 혼잣말을 너무도 크게 쏟아내었다.

"내가 만약 시간을 되돌릴 수 있다면 절대로 절대로 결혼 같은 건 하지 않을 테다."

색종이에 열심히 가위질을 하던 둘째 준희가 그 혼잣말을 듣고는 역시나 혼잣말로 이렇게 화답하였다.

"어쩌나…… 벌써 결혼했는데."

정말 어쩌겠는가, '절대로'라는 단서를 열 번이고 백 번이고 달아봤
자 이미 사랑을 하고 결혼을 해 버린 우리인걸. 만약이라며 뒤돌아보는
일,

　　때론 부질없는 일이라고 여섯 살 준희가 진하게 밑줄을 그어 준다.

맴맴맴 매애앰

태영이 이야기

친구와 통화하는데 또랑또랑 맑고도 큰 소리가 배경음악으로 깔리고 있다. 무슨 소린가 물으니, 큰아이 숙제가 있어 온 식구가 교과서 책에 나오는 대로 배역을 정하고 목소리를 녹음해 간 일이 있었단다. 이제 다섯 살인 태영이가 자꾸 타이밍을 놓치자 맡긴 역이 '매미' 였단다. 그래도 신이 난 태영이는 누구보다 열심히 큐 사인이 떨어지면 '맴맴맴 매애앰~' 을 외쳤다고. 그리곤 녹음된 테잎을 좋아라 듣고, 또 듣고. 그 배경음악은 녹음기에서 흘러나온 '태영이 매미' 의 즐거운 노랫소리였던 것이다. 아이고 귀여워라 하며 그 모습을 상상하는데 문득 우리 아이들이 어릴 적 이웃 집 친구들과 놀던 모습이 떠올랐다.

여럿이 배역을 맡아 소꿉놀이를 하는데, 제일 어렸던 꼬마는 늘 침대위에서 조용히 앉아만 있는 것이다. 오며 가며 보다 안쓰러워 물었다.

"왜 앉아만 있어? 같이 놀아."

그 아이가 이상하다는 눈으로 나를 쳐다보며 이렇게 대답을 했다.

"저는 빵이라 말하면 안 돼요."

"……"

아이들에겐 어떤 역할인가가 중요치 않을 때가 있다. 각자 맡은 자리에서 최선을 다하고 즐거워 한다. 매미로, 빵으로 즐거워하는 두 꼬마에게 오늘도 즐겁게 사는 법을 한 수 배웠다.

힘내라 힘!

태영이 이야기

우정을 과시하던 친구 부부에게 셋째가 생기더니 드디어 '꽃미남 아들'을 갖게 되었다. 사정상 딸들에게는 하지 못했던 '모유사랑'을 셋째에게는 마음껏 하고 있다는 자랑도 들었다.

준혁이란 이름을 갖게 된 그 꽃미남을 만나러 두 달 만에 친구 집을 찾았다. 보송보송하고 부드러운 그 느낌이 얼마 만인지……. 친구 덕분으로 내 아이들을 아가로 불렀을 그때의 추억까지 고스란히 안았다.

드디어 친구가 자랑하던 모유 시간. 열심히 먹는가 싶던 준혁이가 영 깊은 잠을 못 이룬다. 친구를 다그쳐 우유를 타서 품에 안고 먹이니, 놀라운 속도로 쭉 비워내고는 이내 기절한 듯 잔다. 영아의 표정은 불만일 때의 찡그림, 만남이 그리 오래지 않은 바깥세상을 둘러보는 호기심, 가끔 피워내는 천사 같은 미소, 그리고 대표적인 언어 울음. 보통 그렇게가 대부분인 줄 알고 있었고 보아 왔다. 그런 내게 준혁이의 사력을 다해 낸 기진맥진 그 표정이란…….

준혁이에게 있어 모유는 간식이어야 한다는 당부를 열 번은 하고 나온 듯하다. 그렇게 예쁜 준혁이 모습이 아른거린 지 한 달쯤 지나 친구와 통화를 하게 되었다.

"준혁이는 뭐 하니? 태영이는?"

가장 스트레스가 클 둘째 태영이 안부까지 함께 물었다.

"응, 준혁이는 안아서 젖 물리고, 태영인 옆에서 노래해."
저절로 떠오르는 평화로운 친구네 집 풍경에 웃으며 무슨 노래를 부르냐
고 물었다.

"응, 준혁이 힘내라고 노래한다. ㅎㅎㅎ"

다섯 살 태영이 눈에도 준혁이의 식사 시간이 그리 편해 보이지 않았
던 모양이다. 평화롭게 전개되던 머릿속 풍경이 갑자기 결연한 분위기로
바뀐다. 준혁이는 2%로 부족한 식사를 하고, 태영이는 '힘내라!' 응원가
를 열창하고. 행복에 겨운 친구의 웃음소리를 나는 귀로도 마음으로도 넘
치도록 받아 낸다.

맑은 방울소리

두 번째 章

아이들의 행복은 놀이터처럼 가까운 곳에 있다.
그런데
어른들은 늘 먼 곳에서 찾으려고 애쓴다.

스스로 인기만점

지윤이 이야기

외할머니댁에 가는 밤길. 창문으로 이것저것 자신의 팬을 찾던 지윤이가 드디어 손뼉을 친다.

"엄마, 달님이 우리 차만 따라와. 내가 좋은가봐."

"차가 멈추면 달님도 멈춘다. 어머, 어머!"

"엄만 저 번에도 봤는데, 그 때도 지윤이 따라오더라. 진짜 좋아하나봐."

그래. 앞으로도 우리 지윤이를 따라다니는 모든 것은 저 달처럼 아무 사심이 없는 것들이었으면 좋겠다. 그래야 실망으로 상처받는 일이 없을 테니까.

초코파이 정

지윤이 이야기

밀가루 반죽 놀이를 신나게 하던 지윤이가 친구가 돌아간 후 울상이 되어 내 앞에 섰다. 서자마자 울상은 곧 흐느낌으로 바뀐다.

"절대로 말할 수 없어. 절대로 말할 수 없어. 흐흑~"

묻지도 않았는데 말할 수 없다니…….

가만 두 손을 잡고 물었다.

"내가 말을 하면 진영이는 그게 되는 거잖아. 그거는 아주 무서운 건데. 흐흑~"

집에 무언가 없어지면 큰 녀석이 진영이 탓을 하는 걸 혼내던 차에 오늘은 내 눈에도 띄어 고민하던 중이었다. 오늘만 두 번째인 것이다. 제일 아끼던 물감이라 애간장은 타는데, 자신이 입 밖으로 사실을 내 놓는 순간 친구는 사라지고 뉴스에서나 볼 수 있는 그 무시무시한 무언가가 된다는 생각으로 나름의 딜레마에 빠진 것이다.

조그만 얼굴에 갖가지 복잡한 표정들이 스쳐 지나가는데, 지윤이 가슴에선 초코파이 CF에서나 봄 직한 둥그런 달 하나가 떠오른다는 엉뚱

한 생각이 들었다. 그 빛이 놀랄까 가만히 안고 달랜다.

　이 순간 나는 솔로몬이 되어야겠기에 지윤이의 온기를 빌려 조용한 심호흡을 한다.

정말 안 될까?

상민이 이야기

6월 연휴를 이용해 제주도로 오붓이 가족여행을 떠난 상민이네. 둘째라 그런지 초등학교 3학년인 상민이의 행동을 보노라면 가끔 다른 아이들의 어른스러움에 상민 엄마는 깜짝깜짝 놀란단다. 상민이가 비행기를 타는 이유는 음료수와 사탕 받아먹기. 어느새 아쉽게 없어진 사탕대신 이번엔 음료수를 세 번 받아 마셨단다. 그것도 엄마의 제지로 인해 멈춘……. 음료수도 먹었겠다 다시 시야를 가능한 한 넓게 펴 보는데, 어린 아이가 재롱부리는 모습이 포착되었다. 동생, 그건 영원한 막내의 본능적으로 갖고 싶은 것 1위 아니던가? 물끄러미 보던 상민이가 엄마한테 묻더란다.

"엄마, 아빠한테 아직 정자가 남아 있을까?"

남편과 첫째는 저 뒤 쪽에 앉아 있어 양 옆으론 모르는 이들인데……. 귀까지 빨개진 상민이 모친은 입을 막느라 바쁘고 옆에선 웃음들이 터져 나왔다고. 어쨌든 예전 우리처럼 다리에서 주워다 달라거나 삼신할머니를 졸라 보라는 것보단 상당히 과학적인 질문 같다.

그런데 상민아, 내가 보기엔 접어야 할 꿈 같은데, 어쩌냐?

이이 엄마가 신사임당 맞아?

상민이 이야기

가본 적 오래 되었지만 나이트클럽을 가게 되면 제일 먼저 반기는 이가 있다. 조용필, 람보, 욘사마, 권상우……. 가슴에 명찰 하나로 잠깐 사람의 의식을 마비시켜 시선 집중코자 하는 웨이터들 말이다.

상민이가 학교 수련회를 다녀왔다. 몇 개의 조로 나누어져 수련 조교들을 선생님으로 맞이하게 되었는데, 그 이름들이 특이하다.

여자 선생님들은 신사임당, 유관순 등등. 남자 선생님들은 이이, 이순신, 안창호 등등. 그 취지야 이해되지만 좀 우습다. 상민이가 집으로 돌아와 대단히 놀랍다는 얼굴로 엄마한테 말했단다.

"엄마! 누가 그러는데 이이 엄마가 신사임당이래. 정말이야? 아니지?"

"상민아, 너 위인전도 안 읽었니? 맞잖아."

"그런데 신사임당 선생님이 더 젊어 보이는데……."

나이트의 욘사마가 배우 배용준이 아니듯 조선시대 이이가 수련회 선생님이 아닐진대 한순간 상민이가 헷갈렸나 보다. 수련회의 군기가 무섭긴 한가 보다.

어쨌든 운동하며 걷는 길, 숲이 떠나라 실컷 웃었으니 오늘 하루 보약
은 제대로 챙겨 먹은 셈이다.

드라이아이스 타령가

은지 이야기

오랜만에 남편 마중을 위해 세 여자가 나섰다. 늘 보던 아빠건만 맞이하는 장소가 다르니 반기는 느낌도 새롭다. 그냥 집으로 가긴 아쉬운 눈길들이 아이스크림 가게에 모여졌다. 패밀리 큰 통으로 주문을 하고 아이스크림을 고른다. 9년째 변함없는 아몬드 봉봉, 엄마는 외계인, 쉘 위 댄스, 초코 칩. 신나게 먹고 남은 것을 포장해 들고 왔다.

이어지는 놀이는 드라이아이스 실험. 싱크대에 물을 넣고 드라이아이스를 넣는다. 그러면 아이들은 나란히 서서 드라이아이스가 피워내는 풍부한 연기로 신선놀이를 한다. 도우미 역할이 끝난 내가 식탁에서 책을 읽고 있는데 웬 신나는 타령가가 들려왔다.

"방귀 뀐 놈이 성을 내앤다. 얼씨구 좋다.

방귀 뀐 놈이 성을 내앤다, 얼씨구 좋다!"

목소리와 추임새가 어찌나 웃긴지 소리 내 웃었다.

"봐, 엄마. 뿡뿡뿡 다니면서 연기방귀 내는 게 성내는 것 같잖아."

작아진 드라이아이스가 정말 뿡뿡뿡 물 위를 옮겨 다니는데 성을 내는 것도 같다. 아~ 아이들의 생각주머니란 ……

성내는 드라이아이스도 웃기고 아이들도 너무 예뻐, 셋이 서서 타령
을 한다.

"방귀 뀐 놈이 성을 내앤다~ 얼씨구 좋다!"

아~ 답답해

은지 이야기

은지가 거한 생일잔치에 다녀왔다. 패밀리 레스토랑에서 식사하고 운전기사인 아저씨와 집안일을 돕는 아주머니의 안내를 받아 친구의 집으로 2차를 갔다. 데려오는 차 안에서 은지는 조금 흥분했다.

"엄마! 우리도 그 집으로 이사 가자."

머릿속은 순간 복잡해지는데 일부러 관심없다는 밋밋한 대답에 은지가 안달을 한다.

"엄마, 진짜 좋아. 화장실은 네 갠데 너무 넓고 깨끗해서 거기서도 놀았어. 모두가 금색이야."

이어지는 그 집 순례를 장황하게 늘어놓던 은지는 결심한 듯 마무리를 짓는다.

"엄마, 다음에 놀러갈 때 나랑 같이 가자. 엄마도 보면 마음이 바뀔 거야."

그 말에 웃고 말았다. 은지는 답답한 것이다. 그 집에 자리가 나면 가겠다고 대답을 하면서 이런 대답이 현명한가 내게 묻는다. 은지가 중학교, 고등학교, 대학교에 갈 때까지도 월급쟁이로 사는 한은 꿈이라는 것을 나는 말해주었어야 하는 건지…….

돼지꿈 사세요

슬하 이야기

어느새 꿈도 사고파는 대상이 될 수 있다는 것을 알 정도로 큰 슬하. 아침에 일어나 아빠부터 찾는다.

"아빠 제 꿈 사실래요? 돼지꿈인데."

꿈 욕심은 어른이 되면 누구나 생기나 보다. 슬하 아빠는 생각할 것도 없이 2000원에 그 꿈을 샀다. 다음은 그 꿈을 가슴에 품고 기대를 섞어 복권을 사셨단다. 기대한 결과는 꽝! 애들 꿈이 그렇지 하고 아쉬운 맘 털어버리고 가족끼리 근처 식당으로 외식을 갔다. 무심코 앉는데 슬하가 웃으며 아빠에게 이렇게 말했단다.

"아빠, 돈방석에 앉으셨네요."

무슨 소린가 싶어 눈길을 슬하가 가리키는 쪽으로 옮기니, 앉고 있는 방석이 만 원짜리 지폐로 온통 도배되어 있더란다. 돼지꿈의 말로였다. 아이들 꿈도 모두 개꿈은 아닌가 보다. 그 돈방석 한번 보고 싶다.

나 화났어

나영이 이야기

아빠가 오늘도 늦는가 보다. 잠자리에 엄마랑 나란히 누웠는데도 나영이가 잠을 쉬 못 이룬다.

"엄마, 내 핸드폰 좀 줘봐."

나영이가 자기의 장난감 핸드폰을 달라 한다, 아빠한테 전화한다고.

"응, 으응……, 응, 응, 알았어."

딸깍.

"아빠가 뭐래는데?"

진짜 대화하는 것처럼 보이는 모습이 우스워 물었단다.

"아빠가 늦는다고 먼저 자래."

입 밖으로 말을 내 놓고 보니 아빠가 늦는 것이 화가 나나 보다. 씩씩거리는 숨을 몇 번 쉬더니 다시 장난감 핸드폰을 달라고 한다.

"엄마, 내 핸드폰 줘봐. 배터리 빼게. 전화 와도 안 받을 거야."

배터리가 있을 리도 없고, 전화 올 리도 없지만 나영이 딴에는 가장 강력한 벌을 아빠에게 내리는 것이다. 오늘은 나영이 핸드폰에 배터리가 끼워져 있는지 궁금하다.

우리 집 주치의

지윤이 이야기

어버이날이 싫다. 모처럼 어버이날에 시댁이 아닌 친정을 찾게 되어 내심 마음 한 켠이 들뜬 주일이었다. 그런데 심한 고열을 동반한 감기몸살이 불쑥 내 몸으로 들어왔다. 지지리도 복도 없는 우리 부모님. 이래저래 우울하게 침대에 누워있는데 지윤이가 조심조심 옆에 눕는다. 연신 밝은 얼굴로 조잘대는 아이 얼굴을 보다 미소가 새어 나왔다.

"엄마 웃었다. 와~ 엄마 오늘 처음으로 웃은 거 알아?"

그 말과 동시에 아이 얼굴은 어두워졌다. 엄마가 아픈 것이 내심 걱정이었던 것이다. 지윤이의 밝은 웃음과 조잘거림이 내 감기를 위한 처방전이었다는 사실을 깨닫는 순간 왜 엄마라는 사람은 아파서는 안 되는 사람인지 알 것 같았다. 천방지축 같아도 아이들은 온몸에 눈을 달고 사는가 보다. 결국, 어버이날 친정에서 몸조리를 했다. 침대에서 밥상 받으며 내 엄마를 보며 웃어본다, 죄송해서. 엄마도 핏기 가신 자식 얼굴에 지윤이처럼 마음이 어두워질까 봐……

올해는 정말 어버이날이 싫다.

명쾌한 토론방

지윤이 이야기

사람이 어떻게 만들어지는지 아느냐고 한솔이가 묻는다.
언뜻 생각하기를 어디선가 받은 성교육에 대한 것이겠거니 싶어 내 귀는
어느새 당나귀 귀가 되었다.

"하나님이 흙으로 빚으셔서 만들어진 거야."

교회 유치원의 영향으로 어느새 신앙을 갖게 된 지윤이가 대답하자
이때다 싶게 한솔이가 응대한다.

"아니야. 사자하고 곰하고 양파랑 마늘이랑 먹어서 사람이 됐대. 우
리 엄마가 그랬어."

어느새 변형된 단군신화를 기억하는 한솔이와, 성경이란 모든 진실만
을 담은 것이란 걸 믿는 지윤이의 열띤 토론이 시작되었다. 몇 번의 설왕
설래가 있은 뒤 지윤이가 말한다.

"그래, 그냥 자기가 알고 있는 대로 살자. 다 맞는 거니까."

"좋아."

역시 아이들의 생활은 어른의 삶보다 명쾌하다.

이순신 장군

상민이 이야기

올여름 방학 숙제는 독서밖에 없었다. 방학의 본래의 취지로 돌아가 각자 맞춤학습과 맞춤 휴식을 주는 듯한데, 엄마들은 얼떨떨해한다. 그런데 독서도 숙제인 만큼 그 흔적을 요하므로, 읽고 나서는 날짜와 제목과 중심내용을 간단히 적어야 한다. 상민이가 '이순신 위인전'을 읽었다. 그리고서 학교서 받아 온 독서록에 이렇게 적었단다.

'제목 : 이순신 장군
내용 : 많은 사람들이 계속 싸우다가 죽어간다. 이순신 장군도 죽는다.'

언젠가 독서능력평가시험이 있다는 황당한 뉴스에 화가 났던 적이 있다. 숙제로써 읽어야 하는 책, 책과 동행하지 못하고 적어야 될 목록을 먼저 정리하며 펼친다. 책읽기마저 자유롭지 못한 아이들에게 과연 책 속에 길이 있을까?

나만의 처세술

상민이 이야기

아침에 우리 집 아이들과 상민이를 학교에 데려다 주게 되었다. 준비물이 있었던 차라 학교 앞에서 주섬주섬 동전들을 모아 아이들에게 주려는데 상민이가 심각한 목소리로 내 눈길을 돌려놓는다.

"아줌마, 사실은 저도 지금 꼭 돈이 필요하긴 해요."

"상민이도 준비물이 있니? 아줌마가 줄께."

"아니요, 준비물은 아니지만 꼭 살 게 있어서요."

더는 묻지 않고 필요한 금액이라는 500원을 쥐여 주고는 궁금함을 거슬러 받았다. 그 날 오후 엄마들이 학교에 음료수를 돌렸단다. 그런데 상민이가 자기 것을 다 먹더니 선생님께 다가가서 선생님 음료수를 받아 오더란다. 마침 지켜보던 상민이 엄마가 상민이에게 물었다.

"선생님한테 뭐라 그랬니?"

"그냥 선생님은 왜 음료수가 두개냐고 하니까 하나를 주시던데. 절대 나 달라고 안했어."

아침의 500원은 꼭 사고 싶던 딱지를 산 거란다. 아줌마가 돈 달라고 하지 않았는데도 그냥 주셔서 어쩔 수 없이 받았다고 하던가? 이래 저래

민망해하는 상민 엄마를 두고 또 한참을 웃는다. 달라 요구하지 않았는데도 갖다 바치는 것을 단지 사양하지 않았을 뿐이라는 상민이 만의 우아한 처세술을 오늘 한번 이용해 볼까 하는 마음을 먹어 본다.

500원의 수강료가 그리 비싼 거 같진 않다.

내 피자는 어디로?

상민이 이야기

대개의 사람들은 자신에게 너그럽다. 사랑도 먼저, 용서도 먼저, 봐 주기도 먼저. 그렇게 상민이 엄마도 자신의 건망증을 용서하며 살았다나. 그러더니 하루는 결연한 표정으로 나와 마주 대한다. 자신의 건망증을 더 이상은 용서할 수 없다고.

'그럼 안돼. 가정의 평화를 위해서…….'로 시작하는 나의 회유에도 앞으로는 자신에게 좀 더 냉정해 지기로 했다는 상민이 엄마에게 자초지종을 들었다. 한자 급수시험을 접수하면서 상민이의 응시 급수를 작년에 시험 봐 떡 하니 '급수증'까지 받은 단계로 또 신청을 했단다. 전화로 사정을 했다지만 돌아온 대답은 소문난 대한민국 아줌마의 건망증으로 인한 이런 사례가 너무도 많아 불가하다는 것이었단다. 잠깐 생각에 잠긴 상민 엄마는 이번 일로 자신의 건망증을 고쳐 보겠다며 자신에 대해 좀 더 엄격해지기를 자신에게 선언하고 상민이에게 진심 어린 사과로 그 출발점을 잡았단다.

"상민아, 엄마 용서해줘. 진심으로 엄마가 너한테 사과할게."

평소와는 다른 심각한 표정과 목소리로 자식에게 용서받는 벌부터 시작한 상민이 엄마에게 심각한 상민이 얼굴이 들어왔다.

　'상민이도 조금은 엄마의 건망증에 대한 심각성을 느끼고 있었던 게로구나.' 하고 침통하게 대답을 기다리는데 상민이가 힘겹게 입을 떼었다.

　"엄마, 그럼…… 피자는 못 먹는 거야?"

　엄격해지기 위해 자신을 꽁꽁 묶었던 끈들의 매듭이 스르르 풀어졌단다. 너무 어이가 없어서. 시험이 끝나고 학교 앞 피자집에서 사 가던 피자생각에만 맘이 가 있었던 상민이는 엄마가 말하는 내내 그 고민을 한 것이다. '그럼, 내 피자는 어디로?' 피자만도 못 한 건망증 때문에 자신을 용서 운운하는 일이 어이없어진 상민이 엄마는 피자는 사주마고 약속을 했단다. 상민이 덕분에 또 웃게 된 나는 문득 이런 생각을 한다. '그럼 쌍벽을 이루는 내 건망증은 레귤러일까? 라지일까?'

　아마도 피자집을 지날 때마다 내 건망증에 대해 점검을 하게 될 터이다.

상장을 원하시나요?

은지 이야기

웃으며 얘기하던 내 건망증이 도를 넘어서기 시작했다. 반찬 통을 삼일 만에 냉장고 대신 아이들 방 벽장에서 찾는가 하면 간만에 간 백화점 화장실에 심혈을 기울여 쇼핑한 물건들과 그래도 카드는 꽂혀있는 지갑까지 문고리에 고이 걸어두고 나와 20분간 친구들과 수다를 떤다. 한강 둔치에서 놀다가 쓰레기 넣은 검은 봉투에 함께 담아 버리면서 시작한 카메라 잃어버리기는 벌써 세 번째다. 빅 쓰리권을 끊으며 놀이기구 일곱 개는 탄다고 좋아하는 옆집 상민이네가 그래도 서로에겐 위안이다.

은지가 학교시험 외에 처음으로 수학경시대회에 나가게 되었다. 처음인지라 함께 교실을 찾아 자리에 도착했는데 학생 이름이 '김은주'로 되어 있다. 아차차……

학생 이름란에 내 이름을 적어 접수한 것이다. 상민이 엄마가 자기는 아이 주민등록번호란에 자신의 핸드폰 번호를 적었다며 그 까짓 거 별 거 아니라기에 웃음으로 화난 은지를 풀어 준 후 나왔다. 잊고 있었는데 상장이 나왔다. 학교로 배달된 상장을 선생님이 호명하여 수상하는데 '김은주'라는 이름으로 은지가 받아왔다. 아이들이 놀렸다며 양 볼에 알사탕을 물고 말이다.

　"아~ 은지야. 엄마 너무 행복해. 은지 덕분에 엄마가 37살에 상장을 다 받네. 정말 고마워."

　얼떨결에 은지 마음은 풀어지고, 너무 좋아하는 엄마 앞에서 어깨가 으쓱해 눈물은 마르지도 않았는데 입가엔 웃음이 돌아왔다.

퇴근한 아빠에게 은지가 묻는다.

　"아빠, 내가 상장 타게 해 드릴까요?"

완전 복사

자룡이 이야기

친구가 조씨 성을 가진 남자와 사랑에 빠진 후 결혼했다.
아들 둘을 두었으니 그 이름은 '조자룡, 조영웅'
주위에 있는 아이들 이름 중 가장 마음에 든다.
시댁 흉을 볼 때 주위를 둘러봐야 할 때가 언제인가라는 해답을 얻는 일
이 생겼다.

자룡이 다섯 살 때.

시댁 일로 하루종일 얼굴에 각이 진 끝에 친구 입에서 이런 말이 나왔
다.

"정말, 웃기는 짬뽕이야. 네 할머닌 도대체……."

조금 뒤 걸려온 전화를 자룡이가 받았는데, 자룡 왈

"할머니, 엄마가 웃기는 짬……."

앞뒤 가릴 것 없이 달려와 수화기를 내려놓았단다. 어린 것이 어째 그리
기억력도 좋은지. 그 기억력 탓에 엄마한테 혼났단다. 이후로 시댁 흉을
보게 될 때는 주위를 둘러본단다.

나도 그렇다.

쉬는 시간 최고!

지윤이 이야기

첫째 아이 적에는 느끼지 못하는 것 중의 하나가 둘째의 초등학교 스트레스다. 지윤이의 경우 심하진 않지만 그런 스트레스를 받는다는 것이 의외다. 친구 규동이는 학교주변을 배회하느라 엄마가 찾아 나서는데 지친 상태고 친구 정우는 벌써 공부가 싫다며 학교 가기 싫은 이유 1순위로 뽑는단다. 지윤이는 마냥 상냥했던 유치원 선생님을 그리워하며 가끔 전화기에 매달린다. 반듯하게 앉아 오로지 정답은 하나인 수업을 듣자니 재미있는 학교생활이라 표현하면서도 곳곳에 스트레스로 번진 자국이 눈에 띈다.

어느 날 친구가 놀러 왔다 지윤이에게 묻는다.

"지윤이는 어느 시간이 제일 재미있니?"

"쉬는 시간이요."

망설임도 없이 정규 교과시간으로 쉬는 시간을 집어넣는다. 웃는 어른들을 이해할 수 없다며 쉬는 시간의 좋은 점들을 나열하는 지윤이를 보자니 왜 학교는 그리 재미없어야 하는지 답답하다. 재차 묻는 친구에게 한참만에 '즐거운 생활' 시간을 두 번째로 꼽고는 휭 가버린다.

내가 본 아빠

지윤이 이야기

둘째들은 다 조금씩은 엽기의 틀을 가지고 태어나는가? 귤에 빨대 꽂아서 빨아 먹고, 변기를 껴안고는 보통사람과는 다른 자세로 볼 일을 보는 지윤이를 보며 가끔 막내들의 가슴속이 궁금하다.

심심해 하던 지윤이가 유치원 적 흔적들을 잔뜩 쌓아 놓고는 킬킬거리며 웃다가 나를 부른다.

"엄마, 이리 와 봐. 빨리 쭈그리(눈높이를 맞추는 자세) 해 보세요."

"지윤아 그렇게 재미있어?"

만화방 같다는 생각을 하며 지윤이 옆에 앉아 함께 보다가 이런 걸 발견했다. '아빠가 언제 가장 화를 내셨나요? 그리고 언제 가장 기뻐하셨나요?' 일곱 살 지윤이는 머릿속에 들어 있는 화난 아빠를 이렇게 기억하고 있었다.

★ 똥침할 때.

★ 마구 때릴 때.

★ 흰머리 났다고 놀릴 때.

★ 아빠가 쉬하는 데 볼 때.

또 이렇게 아빠가 기뻐하던 모습을 적었다.

★ 상 받았을 때.

★ 엄마 도울 때.

★ 다리 주무를 때.

★ 아빠랑 같이 운동할 때.

그러고 보면 아이들과 남편은 친구 사이였던 게 분명하다. 아무래도 주도권 잡기에선 늘 실패했던 게 틀림없다. 그렇다면 난 어떤 모습으로 지윤이의 기억 속에 들어 있을까?

'운명'에 더하다

지윤이 이야기

"**여**보, 8월 말에 예술의 전당에서 금난새씨의 음악회가 있는데 갈래?"

"좋지. 이번엔 우리 넷 모두 가자."

"엄마! 절대 안돼. 약속했잖아."

봄이었던 것 같다. 한전 아트센터에서 금난새씨의 음악회가 있었다. 그의 활동을 지원하는 회사에 대한 보은의 형식으로 사원들을 위한 무료 음악회였다. 큰 아이의 친구네와 함께 남편들이 빠진 세 집이 함께 갔다. 서너 번의 음악회에서 몸부림을 친 후 지윤이는 미취학 아동의 특권인 놀이방에 남게 되었다가 참으로 오랜만에 음악회에 온 것이다. 역시나 잘 참는다 싶던 지윤이는 10분간의 휴식시간을 넘긴 후부터 괴로움을 몸으로 연출해내기 시작했다. 그러더니 품에 안겨 잔다. 문제는 곯아떨어진 지윤이의 비염이 만들어 내는 코 고는 소리에서 시작되었다. 베토벤의 '운명'이 시작되기 시작한 후 공교롭게도 음악 소리가 잦아드는 시점에서 악기처럼 지윤이의 코 고는 소리가 크게 연주되기 시작한 것이다.

'빠바바밤~ 드르렁. 빠바바밤~ 드르렁'

주위의 모든 시선이 나를 향한다. 도저히 수습이 안 되는데, 그런 연주를 듣는 그들도 운명으로 생각했는지 이내 고개들이 무대를 향한다. 베토벤의 '운명' 교향곡을 유명한 앞 부분 외에는 처음 들었는데 그렇게 긴지 몰랐다. 거의 25분 여간이었다. 지윤이가 코 막힌 화음을 더한 그 긴 '운명'을 안절부절 들음으로 음악회는 끝이 났다. 지윤이를 업고 택시를 기다리다 비몽사몽간인 지윤이에게 약속했다.

"지윤아, 엄마가 앞으로 네 허락 없인 절대로 절대로 음악회에 함께 오지 않을게."

U턴이라 함은

상민이 이야기

한자 열풍이 거세다. 선택사항인 급수시험도 마치 정규 교과목 행세를 하고, 이전엔 한자 없이 생활을 어찌했나 싶을 정도로 표현의 선두에서 그 세도가 혀를 내두르게 한다. 어떤 드라마에서는 국적 불문의 새 사자성어가 유행이라는 소식도 신문에서 접했다. 말과 글의 세계에도 퓨전이라는 새 메뉴가 등장하고 있는 것이다.

얼마 전부터 상민이 엄마도 생활 속에서 한자를 쉽게 이해시키고자 한자 풀이를 해 주곤 했단다.

'중지란 가운데 중, 그칠 지. 끝마치지 못하고 중간에 멈춘다는 뜻이야.' 처럼 말이다.

엄마의 이런 화풍이 자리를 잡을 즈음, 훈과 음으로 단어를 바라보는 습관이 상민이에게 자연스럽게 생겼던 모양이다. 차를 타고 가다가 U턴 표시를 보던 상민이가 엄마를 불렀단다.

"엄마, 그럼 유턴은 있을 유에 돌턴이야?"

조용하던 차 안에 또 한 번 웃음 폭탄이 터졌겠지, 지하철 안인 것도 잊은 채 나도 큰 소리로 웃고 말았으니 말이다. 한자도 배워야 하고 우리 글도 알아야 하고 영어도 꿰차야 하니 참으로 아이들의 언어생활이 버겁기도 할 듯하다.

그리운 시절

나영이 이야기

아이들과 놀던 나영이가 숨이 차 뛰어들어 온다.

"엄마, 우리도 에버랜드 간 적 있어?"

이런저런 사정으로 아이들 손잡고 놀이동산에 가본 적 오래된 친구는 순간 말이 많아졌단다. 나영이가 서너 살일 때 온 가족이 갔던 사진들까지 꺼내며 기억을 상기시키는데, 나영이는 기억을 더듬기가 힘든가 보다. 이래저래 청소로 불편한 맘을 돌리는 친구 뒤로 나영이가 내리막길 목소리로 얘기하는 소리가 들렸단다. 돌아보니 나영이가 어느새 세탁기 문을 열고 서 있었다.

"너희들은 참 재밌겠다. 나도 좀 태워주라."

빨래가 회전 그네마냥 돌아가는 모습이 놀이동산에 놀러 온 아이들 같았나 보다. 친구는 참 슬픈 이야기라며 웃으며 전하는데 가슴 한 켠이 그 친구인양 나도 무너진다. 행복한 가정의 모습은 항상 엄마, 아빠 손잡고 놀이동산으로 가는 것으로 그려지는 나이의 나영이가 빨리 자랐으면 좋겠다.

놀이동산 이용료가 너무 비싼 것이 갑자기 화가 난다.

맑은 방울소리

세 번째 章

아이들은 말보다 마음이 먼저 나온다.
그것을 모르는 어른들은 늘 틀렸다 야단을 치곤 한다.

똥이 쉬처럼

은지 이야기

유달리 편식이 심한 둘째 지윤이가 가끔 달고 나오는 병. 바로 변비다. 지윤이가 말을 하지 못하는 영아기 때는 소리 내 표현하지 못 하는 그 고통이 안쓰러워서, 조잘조잘 엇박자의 많은 말들을 쏟아낼 때는 그 고통스러운 표현에 애가 달아서 마음이 아팠다. 그래서 시작된 것이 지윤이의 응가가 끝나면 '응가에 이름 붙여주기' 놀이였다.

"엄마, 오늘은 아이스크림 똥, 오늘은 뱀 똥, 오늘은 왕 똥, 엄마 오늘은 C자야……."

볼 일을 마치고선 모양 확인을 위한 시간을 갖게 되니 변기에 앉아 있는 시간이 조금씩 느긋해졌다. 그러다 어느 날 지윤이가 설사를 했다. 내 혼잣말을 듣고있던 지윤이가 유치원에서 돌아온 은지에게 쪼르르 달려가 '설사' 가 뭐냐고 묻는다. 갑작스런 질문에 은지가 잠깐 생각을 하더니 선생님 얼굴을 하고선 이렇게 말한다.

"음~ 지윤아. 설사는 똥이 쉬처럼 나오는 거야."

여섯 살 은지의 생각주머니가 지윤이의 질문에 힘입어 나날이 커져가니 지윤이에게 '공로패' 라도 전달해야 할 것 같다.

끝말잇기는 어떠세요?

은지 이야기

익숙한 길에 속력도 적당히 낼 수 있는 차 안이라면 으레 아이들이 제안하는 게임에 가족 모두 동참을 해야 한다. 조금 어렸을 적엔 동요 이어 부르기, 조금 더 컸다고 느꼈을 때엔 끝말잇기, 그리고 가끔 침묵시간이 어느 때 보다도 길어지는 '영어로만 말하기'.

아이들이 초등학교에 들어가고, 주말에 가끔 오락프로를 함께 보더니 이번엔 연예인 이름 대기를 하잔다.

"자, 나부터 한다. 김종국"

"채연"

"쥬얼리"

"강부자"

"……."

"아빠, 연예인 이름 대기인데요?"

"맞아, 탤런트야!"

"정말이야 엄마?"

끄덕끄덕.

그래서 다시 시작.

"믹키유천"

"윤도현"

"슈가"

"남궁옥분"

"……."

또다시 아이들의 의심스런 눈길과 말 길이 모이자 진짜 억울하다는 듯 남편이 말한다.

"아빠가 제일 좋아하는 가수란 말야."

도저히 게임 진행이 안 되겠다고 판단이 선 듯 아이들이 노래와 가수 이름을 대자고 한다.

"머리부터 발끝까지 다 사랑스러워~~ 김종국"

"사랑했나봐 나 좋아했나봐~~ 윤도현"

"물새 우우는 고오요한 강 언덕에에~~ 백설희"

참다 참다 내 웃음은 창문을 향해 뿜어져 나오고 아이들은 도저히 게임 진행이 어려우리란 생각을 텔레파시로 나누는 듯했다. 그러더니 은지가 말한다.

"아빠, 끝말잇기는 어떠세요? 우리 그거 하자."

좋다고 지윤이가 맞장구를 치니 금세 새로운 게임판이 펼쳐진다. 곧 사랑으로 극복해야 하는 소통의 부재가 멀지 않은 듯하다.

친구 집엔 부추전을

지윤이 이야기

도통 알 수 없는 속내를 갖고 비가 내린다. 그래도 비 오는 날 오랜만에 아이들과 부추전을 해 먹었다. 그러나 지윤인 부추전에 입도 대지 않는다. 막내 근성으로 버틴 끝에 결국 내게서 김치전을 받아먹었다. 많은 비에 나가지도 못하고 무료했던 은지가 친구 집에 전화를 걸더니 날아갈 듯한 목소리로 웃으며 수화기를 내려놓는다. 마침 부추전을 초장에 찍어 은지와 나누어 먹고도 반죽이 남아 서둘러 석 장을 부쳐선 호일에 싸서 은지 손에 쥐어 주었다. 비 오는 날, 몇 번 마주하지 않았던 엄마지만 왠지 이런 인심은 나누어야할 듯해서 말이다.

신이 나서 돌아온 은지와 지윤이 손에 선물이 한 보따리다. 구운 김 한 세트, 과자 세 봉지, 퍼즐 맞추기. 정말 맛있게 먹었다는 감사 인사와 함께 말이다. 뜻하지 않은 답례품에 미안해하는데 지윤이가 흥분한 목소리로 말한다.

"엄마! 다음에 놀러 갈 때도 부추전 해주세요. 아줌마가 진짜 좋아하나봐."

지윤이의 속내는 부추전에 따라올 답례품에 마음이 가 있는 듯하다.

자기가 싫어하는 그것이 이리도 좋은 것이라는 것에 놀라는 눈치다. 오랫만에 나누어 먹은 부추전에서 지윤이와는 조금 다른 기쁨을 느껴 본다.

엄마 손이 최고야!

지윤이 이야기

생활 속 쓰임새가 다양한 내 손이 으쓱해지는 일이 생겼다. 밤이 되면 내 손은 효자손으로 변신을 해야 한다. 만세 삼창을 부르듯 커다란 획으로 남편 등을 휘휘 긁고 나면, 은지의 아토피 다리를 살살 긁어주어야 한다. 그리고 마지막으로 다급한 지윤이의 목소리가 들리면 재빨리 방향을 틀어 지윤이의 방향 지시 목소리를 따라 다섯 손가락, 다른 가락으로 움직여야 한다. 매일의 일상이니 이제는 저 외로운 등긁게를 이용해 보라는 꼬심을 포기한 지 오래다.

여느 날과 마찬가지로 지윤이의 등을 긁는데 지윤이가 시원한 목소리로 말한다.

"엄마, 엄마는 등긁기가 최고야. 정말 시원해."

"뭐가 다른데?"

"딱 그 곳을 아주 시원하게 긁어. 다른 손이랑 달라."

여덟 살 딸아이의 아주 작은 칭찬에 내 손이 으쓱해진다.

기분이다 싶어 여느 때보다 더 정성으로 몇 십 초간을 보너스로 준다.

칭찬은 고래도 춤추게 한다는 말, 거짓말이 아니라는 듯 내 입꼬리가 살짝 올라간다.

이럴 땐 이런 말

지윤이 이야기

국립 국악원에서 큰아이가 일주일간 전래동요와 장구를 배우게 되었다. 지윤이도 함께 신청했으나 탈락의 고배를 마시고 두 시간 반 동안 무료한 언니 바라기를 하게 되었다. 무료한 지윤이가 나무 계단을 성큼성큼 오르다 모서리에 종아리를 제법 많이 긁혔다.

"지윤아, 조심했어야지, 많이 아프겠다. 괜찮아?"

다음날 집으로 급하게 뛰어들어오던 지윤이가 방충 문에 단 대나무 발에 팔을 긁혔다.

"어, 또…… 조심하랬잖아."

그 다음날 지윤이가 자기가 흘린 물에 넘어져 엉덩방아를 쪘다.

"지윤아, 엄마가 조심하랬지? 어떻게 매일 다쳐? 괜찮아?"

매일 긁히고 피나고 부딪치는 모습에 화가 나서 목소리를 높이는데 지윤이도 정말 못 참겠다는 듯 내 말꼬리를 잘라낸다.

"엄마는 맨날 내가 다치면 '조심하랬지' 하며 화부터 내. 내가 얼마나 아픈지부터 물어봐야 하는 거 아니야? 나 진짜 아프단 말야. 엉엉어~엉."

아차!

마음과 달리 늘 말의 순서를 바꾸어 먹는다. 아이를 키우면서 가장 중요한 '엄마의 말'. 다행히 재빠른 실수 인정과 사과에 지윤이가 섭섭함을 푼다.

언젠간 안고 말테야!

지윤이 이야기

남편의 노고를 치하할 일이 생겼다. 술과는 노력을 해도 영~ 필이 꽂히지 않는 신체적 결함을 가진 우리 부부는 축하주가 필요할 때는 가끔 와인을 곁들인다. 그런데 이번엔 은지가 몸을 살짝 꼬며 콧소리로 이렇게 말한다.

"엄마아~ TV보니까 술집에서 건배하며 축하하는데 우리도 그렇게 하자. 으응~ 꼭!"

태어나 10년 동안 그럴듯한 술자리도 본 적 없는 딸아이 말에, 주위에 넘쳐나는 애주가 지인들 생각에 그러자 하고 온 가족이 늦은 밤 호프집을 찾았다. 패밀리식 호프집이라 온통 테디베어에 훤한 인테리어에 마치 레스토랑에 온 듯한 느낌이 드니 아이들도 자유롭다. 별거 아니구나 하는 눈길로 돌아 온 은지는 땅콩대신 강냉이 서비스 안주를 보고는 여기는 제대로 된 술집이 아니라고 아는 척을 한다. 500cc를 기분 좋지만 과하게 비우고 호수를 따라 집으로 돌아오는 길. 반짝반짝 빛나는 도시 불빛도 호수 안에선 자연이 된다. 참 좋다는 생각을 하는데 갑자기 지윤이가 나를 번쩍 안으려 한다. 살짝 뛰어 오르는 타이밍을 놓친 내가 꿈쩍도 않으니 쑥스러워진 지윤이가 말을 건다.

"엄마, 조금 있으면 내가 엄마 안아 올릴 수 있겠지? 내가 번쩍 엄마를 안고 빙빙 돌 수 있겠지? 조금만 있으면 될 것 같은데…… 그치?"

지윤이 키는 벌써 엄마자로 '찌찌상'이다. 늘 엄마와 키대기를 하며 자신의 성장을 느끼는 지윤이의 반짝반짝 빛나는 바람을 보며 '그럼' 하고 맞장구를 쳐준다.

'그런데 지윤아, 엄마는 그런 날이 정말 천천히 아주 천천히 왔음 좋겠다. 쑥쑥 커가는 너희들을 보면 시간이 너무도 빨라 숨이 차다는 생각이 들거든.'

커 갈수록 부모의 자리가 작아질 수 밖에 없다는 사실을 잘 알기에 지윤이의 소망에 속으로는 맞장구를 치지 못하고 커다란 고드름을 턱 하니 달아 논다. 내일도 모레도 계속 행복하겠지만 난 순진한 꼬마들의 엄마로서 좀 더 오래 있고 싶다.

주께다써써

지윤이 이야기

곧 있으면 헤어질 같은 아파트에 사는 단짝 혜원이를 만나러 가는 길. 급한 마음에 운동화에 넣어지지 않는 발을 대신 넣어주려 하는데 지윤이가 말한다.

"엄마, 혜원이가 나랑 놀려고 주께따써써."

"응?"

"나랑 놀려고 주께따써따고."

"미안해 지윤아, 엄만 무슨 소린지 모르겠어."

"아휴~. 보고 싶어 죽겠다, 놀고 싶어 죽겠다, 가고 싶어 죽겠다. 이렇게 '죽겠다' 썼다구."

아하~

삼십육계 이후 최고의 전략 같다. 상대방의 마음을 말랑말랑하게 적시고선 승낙을 받아내는 비법 아닌가? 물론 예쁜 꼬맹이의 촉촉한 눈동자와 목소리가 무기로 사용되어야 하므로 아무나 쓸 수는 없겠지만 말이다.

마음속의 친구

지윤이 이야기

아이들에겐 어제의 단짝이 오늘도 꼭 그러하리란 보장이 없다. 다양한 놀이에 다양한 그룹으로 매일 매일 친구 1순위가 바뀌곤 한다. 요즘 지윤이에겐 불과 두 달 전과 다른 단짝 친구가 생겨 새로운 이벤트를 만드느라 바쁘다. 오늘도 역시 무언가 일을 꾸미며 신나게 놀고선 피곤함에 일찍 잠자리에 들었다. 하루 중 가장 진솔한 대화를 많이 하는 잠자리에서 지윤이가 담담한 목소리를 흘려 낸다.

"엄마, 나 마음속의 친구는 따로 있다. 바로 혜원이야."

"오늘 상장을 받는데 다른 친구들은 나를 기분 나쁘게 했는데, 혜원이는 자기는 다음에 타면 된다고 내가 상장받은 게 너무 기쁘대. 진짜 좋아했어."

이사 오기 전까지의 단짝은 혜원이었다. 이제 잊었는가 싶어 오히려 내가 조금은 섭섭했는데 지윤이 마음은 보여지는 것이 다가 아니었나 보다. 그러더니 갑자기 보고 싶다며 눈물을 주르륵~. 토닥토닥 어르는 손길에 얹어 토요일 날 초대를 제안했더니 좋아라 하며 이내 잔다.

문득 얼마 전 학급 '칭찬 게시판'에 혜원이가 쓴 글이 생각났다.

'내 친구여서 지윤이를 칭찬합니다.'

　나는 우정이란 과실주 같은 거여서 묵고 또 묵으면 새로운 향을 달고 술이 아닌 약이 되는 그런 것이라 생각했다. 그러나 두 꼬맹이의 마음속을 읽고 나니 세월로써만 우정을 논할 것은 아니구나 싶어진다.

우리 집처럼?

지윤이 이야기

***** 행 운 *****

나뭇가지에서

나뭇잎이 떨어지면

꼭! 잡아야 해요.

왜냐하면 행운이 오니까요.

"부자가 되게 해 주세요."

이렇게 빌어도 되죠.

행운을 빌러 가 봅시다.

부쩍 부자타령이 잦아진 지윤이의 첫 동시다.

부자 소리가 지윤이 입가에 자주 등장해 혹여 무슨 문제가 있는가 작은 고민을 시작하였는데, 동시까지도 부자와 동여 맨 것을 보니 그 고민이 부풀어 오른다. 그래서 대수롭지 않은 듯 지윤이를 떠봤다.

"지윤아, 얼만큼이 부잔데?"

"응, 그거는…… 아파트 100개, 자동차 100개, 돈도 100만원, 가방도 100개…… 그 정도?"

심각했던 마음이 100이라는 숫자에 조금 녹아내린다. '억' 소리조차 우스운 요즘에 지윤이의 기준이 내가 어렸을 때와 같은 100이라니. 혹여 친구들과 비교하면서, 부자가 아니라 지윤이가 행복하지 않은가 했던 걱정이 바람 잘 날 없는 부모의 기우였구나 싶어서 말이다. 며칠 뒤 설거지를 하는데 책을 읽던 지윤이가 묻는다.

"엄마, 화목한 게 뭐야?"

"가족이 서로 사이좋게, 행복하게 사는 게 화목한 거야."

"우리 집처럼?!"

부지런히 놀리던 손길이 찌릿하게 지나는 가슴 속 무언가에 걸려 멈춰진다. 지윤이가 아직은 우리 품에서 행복하구나 싶은 생각에 감사함과 안도가 생긴다. 설거지도 잊은 채 한참을 지윤이 얼굴에서 시선을 거두지 못했다. 그런 나를 지윤이가 '왜요?' 라는 표정으로 묻자 나는 진심으로 이렇게 대답한다.

"지윤이가 너무 예뻐서."

나는 부자 엄마는 아니지만 정말 행복한 엄마이다.

사람마다 달라요

지윤이 이야기

둘째 친구인 지원이가 놀러 왔다. 만들기도 끝나고, 숨바꼭질도 끝나고, 간식도 다 먹었고, 책 읽기도 끝내더니 촘촘히 모여 소곤소곤 이야기를 나눈다.

"나는 콘도를 딱 한번 가 봤다."

무슨 이야기 끝에 지원이가 이렇게 이야기를 하니 딸아이들 눈이 똥그래진다.

"정말? 진짜? 어떻게 한 번밖에 가지 않을 수가 있어?"

난처해질 지원이 생각에 지나가는 척하며 끼어들기를 했다.

"한 번밖에 안 갈 수도 있지. 모두 똑같은 일을 똑같은 만큼 할 수는 없잖아?"

그제야 친구 마음이 생각난 지윤이가 맞장구를 친다.

"맞아. 나도 사실은 '됐거든~' 이말 일곱 살 때는 몰랐어. 여덟 살이 돼서 알게 된 거야."

"정말? 어떻게 '됐거든' 을 여덟 살이 돼서 알 수가 있어? 하하하."

친구를 돕겠다고 나선 지윤이의 지원사격이 언제 유행되었는지 모를

'됐거든' 이라니. 정색을 하고 자신의 비밀을 털어놓는 지윤이의 사례가 너무도 우스워서 새는 웃음을 간신히 막아내고는 세탁실로 사라져 준다.

아이들은 오늘 또 한 번 무엇이든 '사람마다 달라요.' 로 서로의 차이를 이해해내고 그 속에 서로를 섞어내는 생활의 기술을 스스로 익혀냈다. 참 예쁘고 기특한 기술이다.

보였다, 안 보였다

은지 이야기

우리 집 목욕탕에서 보기 좋게 큰 대자로 누운 이후로 목 부분이 좋질 않아 병원을 찾았다. 차례를 기다리는데 젊은 부부가 다급한 걸음으로 아이 하나를 안고서 뛰어들어 온다. 목마르다는 아이에게 물을 건네던 부부가 놀라며 아이에게 묻는다.

"어? 너 팔 괜찮아? 아까 들지도 못했잖아?"

씩~ 웃으며 팔을 번쩍 드는 아이를 보며 놀라더니 빙빙 돌리기도 시키고 만세도 시켜 본다. 너무도 씩씩하고 재미있어 하는 아이와 오른팔을 번갈아 보던 부부는 어이없다는 듯 웃음을 주고받고는 가벼운 꿀밤 한대로 치료를 끝내고 병원을 되돌아 나간다. 꼬마 녀석의 장난으로 일어난 그 해프닝을 보다 은지 생각이 났다.

유독 태어날 때부터 병원 신세를 많이 지던 둘째가 감기 합병증으로 입원을 하게 되었다. 다섯 살인 은지는 외할머니 댁에 맡겨졌다. 다행히 경과가 좋아 삼일 만에 퇴원 수속을 밟는데 은지 눈이 이상하다는 엄마의 전화를 받게 되었다. 피곤함도 잠시, 은지를 건네 받고는 퇴원과 동시에 안과를 찾았다. 은지의 증상은 아이 말을 빌자면 이러하였다.

"엄마, 버스 글씨가 보였다 안 보였다 해."

쿵하는 가슴 소리가 빨라진 걸음 속도에 맞춰 점점 빨라졌다. 의사가 묻는 말에 모두 모른다 대답하는 은지를 보며 참았던 울음이 가슴에서 삐져나오려는 찰나, 선생님께서 막대 사탕을 하나 건네며 은지에게 뭐라 하시더니 다시 묻는다. 기적이 일어났다. 은지 입에서 술술 정답이 나온다. 다른 검사에서도 이상은 없단다. 약 처방도 필요 없이 은지 두 손에 가득 사탕을 집어주신 너무도 용하신 선생님께 몇 번이고 인사를 드리고는 나왔다. 괘씸도 하고 별것 아닌 것에 너무 감사하기도 한 내게 은지가 이렇게 말한다.

"엄마, 진짜로 버스가 가면 숫자가 안 보이고, 멈추면 보여. 정말이야. 보였다 안 보였다 그런다니까."

한 치의 오차도 없는 누룽지

은지 이야기

"엄마, 이 누룽지 이름이 뭔지 알아?"

이젠 누룽지에도 브랜드의 시대가 오는가? 모른다 대답했더니 이리 대답한다.

"한 치의 오차도 없는 누룽지야."

얼마 전부터 '누룽지 대사'로 임명된 외할아버지가 붙이신 이름이란 다. 그날도 누룽지 탄다는 친정엄마의 여러 번 경고에도 때가 아니라며 느긋하시더니 너무도 맛있는 누룽지를 내 오셨다. 그 누룽지가 바로 친정 아버지가 이름 지은 '한 치의 오차도 없는 누룽지'이다.

늘 단단하신 모습으로 내게는 버팀목 같으셨던 엄마가 처음으로 입원 을 하셨다. 급사의 위험까지 들먹이는 너무도 무덤덤한 의사의 말투에 가 슴이 철렁하고 내려 앉았다. 다행히 일주일 만에 평생이라는 단서가 붙은 약 처방전을 받고 퇴원을 하시게 되었다. 그러고선 찾아간 친정. 보기만 해도 맛깔스러운 상차림에, 눈에서 입으로 그대로 전해 오는 맛난 엄마의 밥상이 변해 있었다. 그래도 엄마표라는 이유로 맛나게 먹건만 변한 밥상 이 엄마 같아 마음이 아리기 시작했다. 늘 변함없이 내 엄마라는 자리에

계실 줄 알았는데 심신 모두 약해진 엄마를 보자니 나 자신이 영락없는 애물단지다. 아린 가슴을 숨기고 크게 웃고 수다스럽게 엄마랑 대화를 나눌 때 그 '한 치의 오차도 없는 누룽지'가 나온 것이다.

"아빠, 너무 맛있다. 앞으로도 계속 만들어 주세요."

맛나게 먹는 모습들에 기분 좋아지신 아버지께서 웃음과 함께 OK 사인을 보내신다. 다시 그 맛깔스런 밥상을 받는 철없는 딸이 될 수 있기를, 아빠의 누룽지엔 앞으로도 한 치의 오차도 생기지 않기를, 오도독 오도독 씹는 소리에 맞춰 주문을 외워 본다.

씨, 씨, 씨를 뿌리고

은지 이야기

대학을 빼자면 여중, 여고를 나왔으니 어렸을 적 남자 친구에 대한 나의 관심이나 에피소드는 전무한 것이 내 기억이다. 초등학교 고학년에 한창 유행이던 우표를 수집하면서 교환을 위한 친목도모가 있었다는 흐릿한 기억이 있을 뿐이다. 3학년이 된 은지가 친구들 간의 비밀일기를 만들어 자랑하더니, 이제는 좋아하는 남자친구가 생겼으니 고백을 해야겠다고 나에게 응원을 구하고 나섰다.

고백이라니? 내가 10살 딸아이의 사랑 고백을 위한 응원군이 되리라고는 꿈에도 생각을 하지 못했다. 고백 이후에 '무엇이 달라지는가' 라는 질문과 이의제기로 시간을 끌었다. 귀여워 웃음이 나면서도 내게는 도통 적응하기 어려운 과제였기 때문이다. 그렇게 밀고 당긴 시간이 어느 정도 쌓였을 즈음 좋아하는 상대가 바뀌었다는 소식이 들렸다. 그런데 그 표현이 이러하다.

"엄마, 내 맘 속엔 씨앗이 세 개가 있거든. 저번 그 아이는 싹이 났다가 다시 씨앗으로 돌아갔어.

지금은 내가 다른 씨앗에 물을 주어서 새싹이 났어."

그러면서 새로이 좋아하게 된 남자친구에 대한 감정으로 날아갈 듯하다. 내 어릴 적 모습을 떠올리자면 은지의 그 감정과 표현이 내게는 너무도 어른스럽다. 아파트 단지를 지나가다 그 두 명의 씨앗과 한 명의 새싹을 발견하자면 나만의 비밀로 빙그레 미소가 지어진다. 언젠가 은지가 어엿한 숙녀가 되면 마음속 새싹은 튼튼히 자라 예쁜 꽃을 피울 것이다. 어떤 꽃이 필지 자못 기대가 된다.

안 믿겨 지시죠?

은지 이야기

진정한 40대(만으로도 40일 때)가 되면 정말 공부가 힘들 것 같다던 남편이 6개월간 회사와 학원과 독서실이라는 삼각 릴레이를 열심히 완주하여 기술사 자격증을 땄다. 야밤에 ARS서비스를 스피커폰으로 들으며 '축하합니다!' 박수를 3일간 해야 했다. 그래도 밤마다 얼마나 즐거웠는지 모른다.

그렇게 한동안 기쁨을 누리던 남편이 기술사 자격증에 붙일 사진을 찍으러 오랜만에 양복을 차려 입고 사진관을 갔다. 마사지에 이발에 표정 연습에, 귀한 자격증에 붙일 귀한 사진을 위해 들인 노력도 눈물겨울 지경이었다. 그러곤 며칠 뒤 화가 난 표정으로 들어오더니 가방도 내려놓기 전에 이렇게 묻는다.

"여보, 내가 이렇게 생겼어? 내가 이렇게 못 생겼냐고?"

원판 불변의 법칙은 사진에서도 적용되는바, 사진보고 남편 보고를 서너 번 반복해도 큰 차이를 못 느끼겠다. 만족스런 대답이 내 입에서 나오지를 않으니 은지에게 사진을 건네며 같은 질문을 한다. 한참을 보던 은지가 대답을 한다.

"안 믿겨 지시죠? 어쩌나……."

측은지심의 표정에 할머니 같은 말로 남편을 대하니 남편이 할 말을 잊고선 자신의 억지를 포기한다. 낙심한 그 표정을 본 후 동시에 눈이 맞은 은지와 나는 똑같은 호들갑으로 다시 사진을 잡았다. 조금 이상하다는 둥, 실물이 났다는 둥, 단골 사진관에서 찍었어야 했다는 둥…….

우리 가족은 새로이 넥타이를 고르고, 남편의 가르마 위치도 바꾸어 보고, 와이셔츠도 바꾸어 가며 두 번이나 더 새로운 사진 찍기를 하여야 했다. 기술사의 길은 참으로 멀고도 험하다.

내가 맛있어?

지윤이 이야기

작은 조각 하나가 없다면 이제껏 쏟은 정성이 물거품이 되는 작업이 있다. 퍼즐 맞추기. 아무리 근사한 그림이라도 마지막 한 조각을 끼워 넣지 못하면 이 하나 빠진 미인도나 매한가지인 것이다. 2주 전에는 지윤이가 친구랑 스키 캠프를 다녀왔다. 이번 주에는 은지가 친구랑 스키캠프를 갔다. 떠나는 날 아침 언니를 배웅 못 한 지윤이는 정말로 속상한 얼굴로 펑펑 울었다. 너무 보고 싶다고. 함께 있을 때는 언니 대접도, 살가운 목소리도, 다정다감한 손길도 인색하기 그지없더니 눈앞에서 멀어지니 그리움에 금세 목이 멘다. 이제 하루가 지났을 뿐인데 시도 때도 없이 주르륵 흘리는 눈물에 염려스런 내 마음은 꾹꾹 눌러 꺼내 보지도 못한다. 저녁을 먹다가 식탁 의자 하나가 빈 것을 보던 지윤이가 또 밥을 씹지도 못하고 눈물을 쏟는다. 지윤이를 끌어안아 달래는데 지윤이가 목이 멘 채로 띄엄띄엄 말을 한다.

"난 엄마랑 있으면 언니 생각이 나고, 언니랑만 있으면 엄마 생각이 나. 엉엉~ 언니 너무 보고 싶어."

체할까 싶어 열심히 달래면서도 집이 허전했던 이유를 지윤이에게서 발견한다. 아무리 하루가 즐거워도 4조각으로 이루어진 우리 가족의 은지 조각이 없으면 그건 반쪽 즐거움인 것이다. 온전한 행복은 온전한 가족의 조각이 모두 제자리에 맞춰질 때만 가능한 것이다. 이쁘기도 하고 달래기도 해야 해서 끌어안고 여기저기 쪽쪽거린다. 그렁한 눈물이 마르지도 않았는데 지윤이는 간지럽다며 깔깔거리다 묻는다.

"엄마, 내가 맛있어?"

내 얼굴은 종합 선물 세트

지윤이 이야기

둘째가 지금 보다 조금 더 철없던 유치원 시절, 듣기 싫어하는 말 중의 하나가 아빠 닮았다는 것이었다. 얼굴보다는 과체중과 비만의 사이에서 시소 타기를 하는 남편의 몸매가 그 원인이었던 것 같다.

며칠 전 남편의 출근 시간이 아이들의 등교시간과 비슷한 적이 있었다. 아이들을 먼저 보내고 남편이 곧 나갔다. 엘리베이터를 누르고 보니 위층 친구와 함께 가려던 지윤이가 타고 있었다. 둘째 친구인 나현이의 인사를 받은 남편은 다정한 목소리로 이렇게 물었단다.

"나현인 누굴 닮아 그렇게 이쁘니?"

그러자 조금의 망설임도 없이 '아빠요.' 하더란다. 이때다 싶은 남편이 지윤이에게 같은 질문을 했다.

"지윤인 누굴 닮아 그렇게 이뻐?"

아빠의 의도를 눈치챌 만한 어엿한 초등학교 1학년인 지윤이 얼굴에 곤란한 표정이 담겼다. 엄마라 하면 나현이만큼 아빠를 사랑하는 것이 아니구나 하고 아빠가 서운해 할 것 같고 나현이와 같은 대답을 하자니 내키지는 않고. 잠시 엘리베이터 숫자를 응시하던 지윤이가 방긋 웃으며 이런 대답을 내놓았다.

"가족!"

지윤이 얼굴은 온 가족을 행복하게 할 종합선물세트의 길을 택했다.

아이들표 해물파전

지윤이 이야기

연휴의 끝이 보이기 몇 시간 전, 코 옆으로 생긴 팔자 주름이 함께 하는 피곤함을 조금씩 풀어내고 있었다. 아이들은 역시나 에너지가 넘쳐 나서는 늦은 밤에도 새로 사 온 마시멜로 같은 점토로 만들기를 하며 즐거워하고 있었다. 그러더니 어느새 식당을 차리고 우리 부부에게 메뉴판을 들이댄다.

"손님, 무엇을 주문하시겠습니까? 음료수는 진짜로 마실 수 있고 음식은 가짜로 드셔야 합니다."

딱히 떠오르는 것도 없어 대충 입이 불러주는 대로 주문을 했다. 토마토 주스 두 잔, 스파게티, 피자, 해물 파전. 배도 불렀건만 식탐은 놀이에서도 주저 없이 발휘되는 법인가 보다. 해물 파전을 보다가 아이들이 과연 어떤 해물을 알고 있는가 궁금해 물었다. '어떤 해물을 넣으셨습니까?' 하고.

"네, 손님. 불가사리하고요, 상어 이빨과 용궁에서 가져온 토끼 간을 넣었습니다."

그 소리에 팔자 주름이 더 깊어지는 것도 모르고 깔깔 웃고 말았다.

우리 부부의 웃음소리에 신이 난 지윤이가 세상에서 하나뿐일 다양한 해물 파전들을 읊기 시작한다. 눈으로 먹는 해물 파전이 점점 근사해지기 시작했다.

달고나 방귀

은지 이야기

얼마 전 아이들이 달고나를 직접 만들어 먹게 되었다. 학교 앞에 등장한 뽑기 아저씨는 설탕으로만 그 재료로 써서 아이들은 세상에 나 처음으로, 나는 아주 오랜만에 달고나와 만났다. 네모난 하얀 달고나가 국자에서 녹을 때 아이들의 기대는 더욱 뜨거워 갔다. 그런데 그 맛이 아이들의 기대치와도 내 추억 속의 그 맛과도 상당한 거리를 갖고 있었다.

"에이, 맛없어. 학교 앞 뽑기가 낫네. 덩치만 크고 맛은 꽝이야."

은지의 달고나 평가다.

모 방송국 주말 프로그램 중에 '쥐잡기 게임'이 우리 집에서 유행이다. 방학이라 늦어진 아이들의 취침시간도 한 몫을 해서는 야밤 쥐잡기가 며칠간 계속되었다. 지금은 뽕 망치까지 갖추고 연예인들의 모션까지 더해져 제법 그 열기가 뜨겁다. 한 대 두 대가 이어지더니 가족들의 승리욕에 점점 말 색이 거칠어진다. 아이들 얼굴에 긴장의 정도가 짙어지는데 갑자기 '뿌앙~' 소리가 그 분위기를 날려 버린다.

"윽, 달고나 방귀."

순간 은지가 자신의 코와 입을 막고 도망가며 이렇게 외친다. 소리도 크면서 냄새까지 고약하니 그리 생각이 되었나 보다. 그 내막을 모르니 남편은 자신의 방귀 이름이 맘에 드는 듯하다. 오늘도 세 번째 달고나 방귀에 아이들은 게임판을 두고 줄행랑을 친다.

'우왝'이지만

은지 이야기

우리집이 들어있는 아파트 1층에는 작은 수도가 있다. 그곳 주위로 2평 남짓한 딸기밭이 있다. 내 거다. 사실은 내가 놓아준 딸기가 스스로 일구어 놓은 딸기의 터전이다.

벌써 주말농장을 갖기 시작한 지도 5년 여가 되었다. 어느날 주말농장에 심던 딸기 모종 하나를 집에 가져와 화분에 심었다. 집에서도 열매를 보고자 하는 생각에서였다. 그러나 딸기는 꽃도 맺지 못한 채 시들해지더니 이내 죽어간다. 문득 버릴까 하다가 1층 수도가 뒤쪽 빈 땅에 심어주었다.

이내 죽을 줄 알았던 딸기는 기운을 차리고 꽃을 피우는가 싶더니 열매를 맺는다. 아이들과 손뼉 치며 잘 익은 딸기를 따서 설레는 마음으로 하나씩 먹어보았다.

"엄마, 딸기맛이 우웩이야!"

딸기를 입에 넣자 마자 뱉어내며 은지가 평가한 딸기 맛이었다. 그렇지만 신기하고 대견한 마음으로 기분들은 좋았다. 그렇게 2년이 흐르니 어떤 연유로 딸기 씨들이 퍼져 밭을 이루었는지는 모르겠으나 500원짜리 딸기 모종 하나가 이제는 밭을 이뤘다.

　매번 눈길로 인사하고 가끔 목마를까 물을 주면서 생각한다. 있어야 할 곳에 있으니 이렇게 좋은 것을…. 딸기밭을 보면서 내 아이들을 보면서 있어야 할 곳에 있어 행복하다.

너는 똥개이니까

지윤이 이야기

친정 부모님이 분가한 동생으로 인한 적적함을 달래신다며 들여 온 강아지가 모두에게 친근한 똥강아지였다. 그래도 갓 태어난 새끼라고 어린양하는 모습이 너무 귀여워 아이들의 사랑을 독차지하게 되었다. 회의 끝에 붙여진 이름은 '아롱이'.

그 아롱이가 심한 감기에 걸렸다. 매일 병원에 데려가는 것이 벅차 보이는 부모님을 보다 아롱이를 집으로 일주일간 데리고 왔다. 아이들의 조심스런 간호를 받으며 동물병원에 행차하신 아롱이를 진찰한 수의사가 이렇게 뜸을 들인다.

"에~ 그러니까 얘가 그……."

"네, 똥개지요."

"아유 이 녀석, 아픈 주사도 잘 맞네요. 똥개라 다르네요."

12만 원의 거금 진료비를 지불하고 찾아간 애견 복 집에선 고개를 절래절래 흔들며 이리 말한다.

"워낙 쑥쑥 크니 옷이 필요 없을 듯 한데……."

그러니 아이들 눈엔 똥개란 참으로 대단한 녀석으로 보였다. 의기양

양해진 아이들이 보는 이마다 애는 주사 두 방도 끄덕 않고 맞는 그 유명한 '똥개'라고 자랑을 하며 으쓱해 하더니 다음날 한층 낮아진 어깨를 하고는 문을 들어선다.

"엄마, 아롱이는 다른 이름 없어? 마르티스나 푸들 같은 거."

드디어 어디선가 개 족보 이야기를 들은 것이다. 의사도 감탄한 용감함과 애견 복 주인도 놀란 성장속도를 갖춘 아롱이가 다른 이들에겐 시큰둥한 딱 '똥개' 대접만을 받고 있음을 눈치채고 만 것이다.

"이름이 뭐 중요하니? 그럼 다른 마르티스나 푸들강아지로 바꿔 줄까?"

"아니야, 난 그래도 아롱이가 제일 좋아"

그렇게 아롱이는 아이들의 사랑과 상당한 액수의 병원비와 밤새 소파에서 안고 간호하여 생긴 내 몸살을 약 삼아 한 달여 만에 완쾌되었다.

엄마 닮았네!

은지 이야기

결코 예전에는 내 전공이 '앞뒤로 넘어지기'가 아니었다. 목욕탕과 계단에서 우스운 자세로 넘어지더니 이젠 관객을 찾아 나서는 '엎어지기'를 하고 말았다. 아이들과 '나니아 연대기'를 보러 갔다. 영화는 30여 분 정도 남았는데 갑자기 화장실이 급해졌다. 관람객들에게 민폐를 끼치기 싫어 멀리 앞좌석까지 내려가서 중간 통로로 빠르게 지나가겠다는 계획을 그림으로까지 그린 후 일어섰다. 문제는 민폐가 돼선 안 된다는 남을 위한 배려가 지나쳤다. 너무 빨리 뛰다가 큰 대자로 넘어진 것이다. 무릎이 다 헤어지는 고통도 모른 채 어둠 속에서도 느껴지는 시선들을 물리치느라 다시 뛰어야 했다. 결국 창피함에 제자리로 가지도 못하고 맨 뒤 계단에서 엔딩을 보고는 가족과 재회했다. 그리고 저녁 시간 멀쩡한 물컵을 손으로 쳐서는 식탁을 흥건하게 적셔 놓았다. 괜찮냐며 어른스럽게 얘기하는 은지가 사족을 단다.

"엄마 닮았네, 지윤이."

이유없이 넘어지기와 어떻게 해서든 물 엎지르기가 대표 종목인 둘째의 모습을 내게서 본 것이다. 이젠 앞으로 밥 먹고 일어서서는 온몸 흔들어 바닥에 밥알 그림을 그리는 지윤이에게 함부로 야단도 못 칠 것 같다.
유전이라는데 어쩌겠는가 말이다.

맑은 방울소리

네 번째 章

아이들은 자연에서 빛나는 들꽃 같다.
세상이 잠들 때 아이들이 가장 사랑스런 이유다.

대통령은 어때?

은지 이야기

다른 때보다 조금 자주 뉴스 속 대통령의 모습을 보던 은지가 궁금한 것이 많아졌다. 청와대도 멋있고, 순방길에 오르는 대통령 내외의 모습도 근사해 보이고, 대통령 행차엔 많은 수행원이 뒤따르는 모습도 좋아 보였던 것이다. 그러던 어느 날, 문득 은지가 묻는다.

"엄마, 청와대에서 대통령도 가족들이랑 함께 살 수 있어?"

"응."

"토요일하고 일요일에는 놀아? 일은 늦게 끝나나?"

"그날 일정에 따라 다르겠지?"

"몇 살부터 할 수 있는데?"

"마흔 살부터 할 수 있지."

모든 질문을 마친 은지가 아빠를 부르더니 이런 제안을 한다.

"아빠, 이제 회사원 그만 하고 대통령 하는 건 어떨까?"

예상치 못한 제안에 나도 은지 아빠도 눈만 뻐끔거린다.

"아빠는 지금이 좋은데, 은지가 최초의 여자 대통령이 되는 건 어때?"

"글쎄, 난 벌써 정해 놓은 꿈이 있어서……. 하기 싫으면 하지 않아도 돼요."

고맙다, 은지야. 우리는 아마도 계속 하기 싫을 것 같다.

즐거움의 기준

지윤이 이야기

친구 따라 개인으로 교습을 하는 피아노 집에 다녀온 지윤이가 틈만 나면 그곳에서 배우고 싶다고 노래를 부른다. 친구 소개로 피아노 선생님을 맞은 지 6개월이 채 되지도 않았거니와 아이들의 변덕을 어느 정도 알기에 타일러 여러 번 넘어갔는데 이번만은 확고하다. 방문 선생님이 만족스럽지 못한 것도 아니요, 아이들이 따르지 않는 것도 아니니 바꾸고 싶은 이유는 오로지 친구 따라 강남 가고 싶은 지윤이 맘 때문이라 생각하고 설득할 요량으로 침대에 있는 지윤이 옆에 나란히 누워 물어본다.

"왜 그 곳에서 하고 싶어? 친구는 노는 시간에 만나도 되잖아?"

"친구 때문이 아니고 그곳에서 배우는 게 즐거워서 그래. 저번에 소정이 따라가서 함께 배웠는데 정말 재밌었어."

"그곳에서 배우는 거랑 지금 선생님한테 배우는 거랑 뭐가 다른데?"

"그곳에서 배우면 시간 가는 줄 모르는데, 지금 선생님이랑 할 때는 시간 가는 걸 알겠어."

대답이 재밌기도 하고 석연찮지만 나름대로 논리적이란 생각에 반론도 제기하지 못하고 웃고 만다. 모든 일은 즐거워야 잘할 수 있다는 게 평소 내 생각이라 지윤이의 그 말에 오히려 내가 설득을 당하고 만다. 3월이 지나면 한번 방문을 해서 결정하자고 합의를 마친 지윤이는 벌써 입이 귀에 걸렸다. 즐거움에도 기준이 있단다.

'시간 가는 줄 모르면 즐거움이요, 시간 가는 걸 눈치채면 지루함이다.'

무얼 타고 내려오게요?

지윤이 이야기

주부들이 요즘 모이면 아이들 교육 문제 다음으로 넘어가는 것이 부동산 이야기다. 가끔 듣고 있자면 나는 무엇을 했는가 싶고 주부의 본업은 부동산을 통한 재테크가 아닌가 자책을 하게 한다. 얼마 전 제2 롯데월드가 112층으로 지어 세계 명물로 만들겠다는 계획이 어느 정도 현실화되자 주변 아파트 값이 하루가 다르게 치솟기 시작했다. 기대와 한숨이 수도 없이 교차하는 모습을 지켜보며 나도 건물로서가 아니라 돈 덩어리로만 머릿속에 담게 되었다. 그러던 어느 날 외출을 하고 들어오는 길에 조잘대던 지윤이가 문제 하나를 내었다.

"엄마, 저 땅에 롯데월드가 100층도 넘게 지어진대. 근데, 만약에 엘리베이터가 고장이 나면 어떻게 내려오게요?"

절대 못 맞출 거라는 확신에 찬 지윤이가 웃고 있다.

"글쎄, 걷기는 너무 힘들겠고 고칠 때까지 기다려야 하지 않을까?"

"땡! 낙하산 타고 내려온대. 승찬이가 그랬어."

절로 그려지는 승찬이와 지윤이의 대화가 눈에 잡혀 금세 웃음으로 목이 멘다.

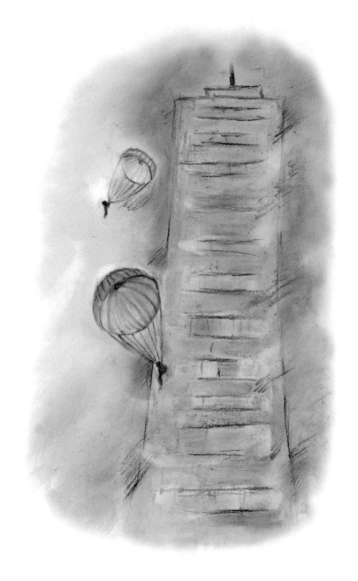

보고 싶어 눈물 나지만

지윤이 이야기

지윤이 친구 지원이가 가족과 함께 중국 상해로 간 지 한 달이 되어 간다. 이별이란 늘 손 흔들고 웃으며 헤어지면 곧 다시 만남으로 이어지는 것이라는 게 지윤이가 이제껏 경험으로 내린 결론이었다. 그런데 이번에 때론 이별이란 손 흔들고 나면 아주 긴 시간을 혹은 다시는 마주 할 수 없는 것이라는 걸 깨닫게 된 것이다. 남은 친구들과 잘 지내는가 싶더니 '지원이 사랑가'를 읊기 시작한다. 눈물까지 그렁그렁하니 그 모습이 구성지다. 함께 공부하다 함께 받았다는 스티커를 들고 와 흐느끼고, 지원이가 주고 갔다는 카드를 쓰다듬다 흐느끼고, 인터넷에서 웃고 있는 지원이를 보고는 흐느끼고…….

드디어 전화가 왔다. 수화기 속 변함없는 지원이 목소리에 또 흐느끼느라 정작 수다는 내가 떤다. 전화번호를 받아 적고 인터넷 까페에서 만나기로 약속을 하더니 깡충 깡충 좋아라 뛰어 다닌다. 다음날 약속 시간은 4시. 학교에서 돌아 온 지윤이가 외출도 삼가한 채 1시간여 남은 4시를 향해 시계바늘과 한 몸이 된다. 그러다 전화벨이 울리더니 잠시 고민을 한다. 학교 친구가 햄버거 집에 혼자 가기 쑥스러우니 동행을 하잔다. 갑자기 치킨 너겟 생각이 간절해진 지윤이가 그토록 보고 싶어 하던 지원이와의 만남을 저녁으로 혼자 바꾸더니 신이 나 나간다. 4시가 다가 오니 전화벨이 울기 시작한다. 어제만도 절절했던 지윤이의 마음이 치킨 너겟에게로 잠깐 외출했음을 어찌 알릴까 하는 난감함에 우는 전화벨을 쉽게 달래지 못하고 만다.

첫 경험이 중요해

지윤이 이야기

다섯 살 상미도 꾹 참으며 본다는 사극에서, 어린 아이들이라면 손꼽아 기다리는 방학 특선 만화영화와 뮤지컬을 아직도 거부하는 지윤이를 보면 첫 경험이 얼마나 중요한지 새삼 깨닫게 된다.

지윤이가 세 살 때, 크리스마스 전 날. 은지가 다니는 유치원에서 그때로서는 꽤나 신선한 이벤트를 기획했다. 바로 산타 복장을 하고 집집마다 찾아가 직접 선물을 나누어 주는 것이었다. 기대하는 은지를 보며 즐거운 마음으로 함께 산타를 기다리다 반가운 초인종 소리를 듣고는 한걸음에 달려가 문을 열었다. 아~ 자상한 산타할아버지들은 다 어디로 갔을까? 궁색해 보이는 산타 복장에 무엇보다도 눈이 벌겋게 충혈되어 있는 산타를 바라보고 있자니 전설의 고향 녹화장에 온 듯 어른인 나도 섬뜩했다. 은지는 선물도 잊은채 내 뒤로 숨고 지윤이는 아예 비명을 지르며 울고는 절벽을 타듯 내게 매달렸다. 그래도 손님인데 준비해 온 멘트를 다 마치도록 기다려야 했기에 어색한 웃음으로 5분여를 마주했다. 드디어 무시무시한 산타가 돌아갔다. 은지는 선물에 잠깐의 공포를 잊었지만 지윤이는 한동안 꿈자리가 뒤숭숭한지 잠을 못 이뤘다. 그 날 이후로 놀이

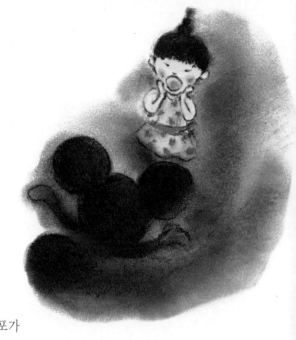

동산의 퍼레이드와 인형
극과 분장이 필수인 뮤
지컬과 영화 등은 지윤이
의 기피 대상이 되었다.
문제는 어릴 때의 그 공포가
너무도 진하여서 극복하는데 시간
이 참으로 많이 필요하다는 것이었다. 여섯 살 때에 한밤중에 일어나 너
무도 무서운 꿈을 꾸었다는 지윤이가 훌쩍이며 전한 내용은 이런 것이다.

  "엄마~ 엉엉~ 미키 마우스가 얼굴만 내밀고 나한테 웃어. 엉~ 무서
워……"

매일 바뀌는 '세상에서 가장 무섭다'는 지윤이의 꿈은 대개가 이런 것들
이었다. 4월 6일이면 은지가 기대하는 애니메이션이 개봉을 한다. 눈 가
리개와 식은 땀에 대비할 손수건과 타는 목을 달랠 음료수를 준비할 시간
이 하루 남았다.

잘 키워주세요

지윤이 이야기

'또'라는 소리를 소리를 하기도 지칠 만큼 자율적 연애와 맞선이라는 인공의 만남을 갖던 동생이 드디어 결혼 소식을 알려왔다. 마침 엄마 생신에 맞추어 인사를 온다기에 친정으로 갈 준비를 하는데 지윤이가 나를 부른다.

"엄마, 삼촌이 결혼할 사람이 숙모지? 나 엄마가 숙모한테 뭐라고 말할 건지 다 안다."

"엄마가 뭐라고 할 거 같은데?"

"삼촌 '잘 키워 주세요' 할 거지?"

"푸하하하. 지윤아, 삼촌은 다 컸는데 왜 숙모가 키워주겠어?"

"아빠도 엄마가 키워주잖아. 먹여주고, 옷 입혀주고, 머리 빗겨주고, 간식주고, 회사 보내 주고……."

12년간 조금 모습은 변했지만, 가만 생각해 보니 아이들을 키워 낸 모습이나 남편 뒷바라지를 하는 모습이 비슷하다. 지윤이나 은지처럼 아빠도 엄마가 키운다는 생각이 영 틀린 말은 아니어서 잘 자라주는 남편에게 한마디 건넨다.

"여보, 무럭 무럭 건강하게만 잘 자라 줘. 알았지?"

오늘도 남편의 출근길, 나는 옷 입혀주고, 머리빗겨 주고, 로션 덜어 주고, 엘리베이터 버튼까지 눌러주는 것을 시작으로 남편 잘 키우는 하루를 연다. 그리고 30분 뒤 같은 서비스를 아이들에게 해 주고 오전 육아를 모두 마친다.

울 지훈이 목욕한어요^^

여가 아닌가벼?

민수 이야기

내 주머니 사정이 너무도 넉넉하여, 순순히 다음을 기약하며 해외여행을 할 수 있다면 상관없는 일이다. 그러나 평범한 살림에 온 가족과의 해외여행이 내 돈을 들인 것이라면 순수한 관광 목적 외에 무언가 추가를 해야 본전 뽑는 기분이 느껴지는 것이 주부 마음이다. 그 추가란 것이 요즘 아이들에게 이제껏 배운 영어를 조금이라도 실전에 투입하는 것이다. 민수네도 그랬다.

호주와 뉴질랜드 여행비를 바꾸고 싶은 가전제품들과 오버랩시키며 민수 엄마가 한동안 고민에 빠졌다. 그러나 곧 아이들을 생각해 비행기에 오르게 되었다.

해외여행을 가면 단체관광의 대부분은 십중팔구 한국사람들이다. 둘러보기와 단체사진이 특징인 이 여행에 동참한 것이 실수였단다. 아이들이 영어를 쓸 기회가 없었던 것이다. 그러다 어느 날, 객실 문을 노크하는 소리가 들려왔단다. 순간 당황한 가족들이 갑자기 급한 일들을 찾아나서는 사이 민수가 문을 열었다. 상대방과 민수가 이야기 하는 소리를 들은 나머지 가족이 문이 닫히자마자 민수 앞에 둘러앉았다.

"민수야 누구니? 뭐라 이야기 한 거야?"

"나도 잘 몰라. 일본 사람인가, 중국 사람같아."

뉴질랜드에서 객실 문을 노크한 주인공이 하필 일본이나 중국 사람이라니……

"그래? 뭐라 그러던데?"

"여가 아닌가벼? 라는 거 같아."

아이고~ 우리나라 사투리를 민수가 잘못 알아들은 것이었다.

그렇게 한마디의 영어도 쓰지 않고, 영어가 굳이 왜 필요한지 절대 모르겠다는 아이들을 데리고 7박 8일의 해외여행은 막을 내렸다. 한동안 바꾸고 싶던 가전제품 목록이 잊혀지지 않을 듯하다.

여왕개미 잡는 법

지민이 이야기

피자나 치킨과 함께 선물은 특별한 날에만 갖는 걸로 알고 있는 아이가 있다. 떼쓰고 바닥에 누워버리면 자판기처럼 뚝딱 떨어지는 '갖고 싶은 것'을 100%로 획득하는 여느 아이들과는 달라서 그 아이, 지민이가 사랑스럽다.

이번에는 개미를 키우는 개미 관찰통이 갖고 싶었던 지민이는 한 달여 남은 생일선물을 미리 해달라고 하였단다. 생일잔치도 하지 않겠다는 빅딜 제안으로 지민이 엄마는 고민하는 얼굴아래 흐뭇한 미소를 숨기고 승낙을 하였다.

인터넷으로 심사숙고하여 주문은 하였는데 문제는 개미를 직접 잡아 넣어야 된다는 것. 여왕개미를 잡아 넣어야 관찰의 재미가 더 하다는 설명에 지민이가 고민에 빠졌다.

'어찌 잡아야 할 것인가?'

그 때 형이 부르더니 그 비법을 전수하더란다. 함께 고민하던 지민이 엄마가 몰래 쫓아가 들은 대화는 이렇다.

"지민아. 일단 가게에서 보석반지 사탕을 사는 거야. 그리고 사탕을 먹어. 그럼 보석반지가 남겠지. 그 걸 개미구멍 근처에 놓는 거야. '여왕은 보석을 좋아해~' 알겠지?"

미녀는 석류를 좋아하고 여왕개미는 보석을 좋아하고?

가짜 보석반지에 눈이 멀어 잡혀 온 여왕개미 구경하러 지민이네로 놀러 가야겠다.

천도복숭아 500개

지윤이 이야기

둘째 지윤이를 낳은 지 백일 즈음. 그 동안에도 좋지 않았던 허리에서 빨간 불이 났다. 친정에 3살배기 은지와 백일 지난 지윤이를 맡기고 친정 근처 정형외과에를 갔다. 진료를 받고 물리치료를 받기 전에 주사를 맞았는데 이상하다. 온 몸이 터질 듯 부푸는 느낌에 의식은 가물가물해진다. 간호사를 불러 놓고는 내가 나를 조금씩 밀어 내기 시작했다. 의사가 달려오고 급히 처치가 이루어졌는지 깨어나니 응급실이다. 의식이 사라지는 그 짧은 순간에 나는 은지와 지윤이 생각을 했다. 아직 고물고물 거리는 아이들을 두고 내가 어찌 눈을 감나 하는. 어찌어찌하여 깨어나 치료를 받고 입원하라는 말을 뒤로 친정으로 돌아 온 나는 나보다 더 놀란 엄마 얼굴을 대하자 눈물이 났다.

"엄마, 정말 미안해. 이렇게 죽는구나 싶으니 은지 지윤이 생각 밖에 나질 않더라구. 정말 정말 미안해."

엄마는 '엄마' 라는 사람은 누구나 그런 거라고, 당연한 거라고 괜찮다 하셨지만 나는 눈물이 나도록 죄송했다.

며칠 전 지윤이 손을 잡고 장을 보고 돌아오는 길. 지윤이가 좌판에 놓인 복숭아를 보더니 이리 말한다.

"엄마, 나는 하늘에 있는 천도복숭아 500개씩 따다가 엄마랑 아빠한테 주고 싶어. 그럼 1000년을 살 수 있대."

"정말? 와~ 고맙다. 그런데 엄마는 그 복숭아 따다 은지랑 지윤이 주고 싶은데......"

그렇게 말을 꺼내다 속으로 또 '아이코' 나를 쥐어박는다. 9살 지윤이의 엄마 생각하는 마음의 반도 따라가지 못 하다니. 혹여 지윤이가 눈치 챌 까 웃는 얼굴을 바꾸지도 못하고, 늘 좋은 것에는 한 박자 늦게 떠오르는 엄마 생각에 찰싹 허벅지를 맵도록 때려낸다.

허무와 바꾸다

지윤이 이야기

심하고도 심한 건망증으로 고생하는 건 내 몸과 지갑이
다. 힘든 것도 모자라 곱배기의 돈을 지불하는 일이 잦아졌다. 머릿속 지
우개로 작용하는 무더위 탓을 해 보지만 아무도 고개를 끄덕여 주지 않는
다.

얼마 전 은지 친구네와 함께 서울 과학관을 갔다. '과학아 놀자'를 관
람하러. 기대치와는 다르게 이전에 다녔던 과학체험관과 크게 다를 바 없
었다. 그래도 남는 건 사진이라고 가끔씩 찰칵거리지만 밝지 않은 실내와
잠시도 가만 있지를 못 하는 아이들의 관심을 쫓느라 곧 사진기는 가방
속에서 잠을 자기 시작했다.

다음날 역시나 같은 멤버가 코엑스에 '매직토피아'라는 제목의 마술
체험전을 가게 되었다. 어제의 경험으로 사진기는 빼놓고 말이다. 그런데
이게 웬 일, 환한 실내에 예쁘고도 신기한 포토존이 마련되어 있었다.
'아~ 어째' 소리를 열댓 번은 한 것 같았다. 2006년 8월 4일에 있었던
아이들의 즐거움에 대한 보존 작업이 이루어지지 못 하고 있는 것이다.

할 수 없지 하며 맛난 점심으로 마음까지 달래고 집으로 돌아왔다. 그

런데...... 사진기가 가방에 어제 그대로 있었다. 사진기를 꺼낸 건 내 마음이었던 것이다. 그렇게 마음만 먹고 가방에서 자고 있던 사진기엔 손도 되지 않았던 것이다. 너무도 어이없어 하는 내 얼굴과 사진기를 번갈아 보던 지윤이가 한숨을 내쉰다.

"아휴~ 이제 알겠다. 엄마 '허무하다' 라는 게 이런 거 맞지?"

제대로 배웠다, 지윤이 표정을 보니. 즐거운 한 때의 기록과 바꾼 9살 지윤이의 '허무' 를 보며 이번 내 건망증은 득인지 실인지 잠깐 계산을 해 본다.

아빠는 언제 철드나?

지윤이 이야기

두 사람 모두 이해는 된다. 심한 코골이와 가끔의 무호흡증의 공포로 내가 옆에서 지켜주어야 단잠을 잘 수 있다는 남편과 엄마 손을 잡아야 잠이라는 요정이 찾아온다는 지윤이의 입장을 듣다 보면.

그러나 밤마다 자기 옆으로 와 달라고 외치는 소리에 오다 가다를 반복하다 보면 도대체 내 잠은 언제 불러오나 은근히 부아가 난다. 얼마 전까지는 지윤이를 재우고 선잠이 들다가 안방으로 건너갔는데 남편이 부쩍 아이들 자립심 운운하며 지윤이와의 '동침' 불가를 표명하자 지윤이가 눈물 작전으로 맞선다. 며칠 전 밤에도 그런 실랑이가 둘 사이에 벌어졌다.

"김지윤, 너 벌써 어엿한 초등학교 2학년인데 언제까지 엄마랑 잘래? 정말 창피하다. 이제 철들 때도 되었다고 생각하는데?"

그러자 지윤이가 쉼표 없이 대답한다.

"그럼 아빠는 언제 철들어? 벌써 41살인데 아직도 엄마랑 자고?"

그 옆에서 혼자 잘 자는 첫째 은지가 쯧쯧하는 표정으로 철이 덜든 아빠와 지윤이를 내려다보고 있다.

엄마는 고추가 세 개

정우 이야기

내 것이면서도 내 것이 아닌 것. 바로 자식이다. 갖고 있는 모든 것 중에서 절대 포기할 수 없는 것도 '내 자식들' 이다. 낳은 정에 기른 정까지 보태어지면서 생기는 사랑아래 깔리는 소유욕도 어찌할 수 없다. 그래서 틈나는 족족 아이를 붙들고는 '너는 누구 것이냐' 하고 반강제 원하는 대답을 얻어 내고는 흐뭇해한다. 작은 텃밭에 심어 놓은 야채들이 푸른 고개를 내밀고 싱싱하게 자라는 모습에도 가슴이 뿌듯한데 자식농사 지으면서 매 순간 어찌 감탄하지 않을 수 있겠는가?

정우 엄마도 두 아들을 보며 이런 질문을 종종하곤 했는데, 딸만 둘인 우리 집과는 질문이 조금 달랐다.

"정우야, 정우 고추는 누구 꺼지?"

하고 물으면 그동안 훈련받은 대로 착한 정우가 '엄마 꺼' 하며 기분 좋은 대답을 들려주었다. 그 날도 여느 날과 마찬가지로 정우 고추는 누구꺼냐고 물으니 같은 대답을 하고선, 한 박자 쉰 정우가 이렇게 덧붙이더라.

"그럼 엄마는 고추가 세 개네."

나쁜 놈

지윤이 이야기

법 없이도 살 사람, 어떠한 경우에도 손해는 내 몫으로 돌리는 사람.

가장 눈에 띄는 프로필이 될 두 문구를 가지신 분이 바로 내 친정아버지다. 그래서 맘적으로 경제적으로 늘 피곤한 분은 내 친정어머니다.

교통사고의 피해자가 되어도 희끗희끗 흰머리가 안쓰러운 택시기사라고, 내 손녀만한 아이들 데리고 빠듯하게 살 가장이라고 이런 저런 이유로 사과 한 마디에 가해자를 그냥 보내주는 분이 내 아버지다. 그렇게 생긴 당장의 뒷치닥거리는 엄마 몫이 되니 난 늘 불만이다. 더 큰 불만은 세상사는 오고 가는 것이 그리 공평치가 않아서 그리 맘을 쓴다고 그리 대접을 받는 것은 아니라는 것이다.

며칠 전 볼 일을 마치고 집으로 돌아가시는 길. 빗속에 신호 대기를 하고 계시다가 초록불로 바뀌고 앞차들이 움직이니 같이 움직이다 앞차와 부딪치셨다. 아니 살짝 닿았다. 빗속에 내린 젊은 차 주인이 닿은 흔적조차 없는 차를 한참이나 들여다보고는 '괜찮네요' 하고는 다시 차에 오르더란다. 그리고 집에 오셨는데 저녁이 되니 갑자기 몸이 좋지 않아 병원에서 검사를 받고 있으며 차도 이상이 있어 정비소에 맡겼다고 연락이 왔더란다.

하도 어이가 없고 분이 나서 보험사에 조사를 부탁하였으나 시큰둥하다. 어찌할 수 없다나. 저녁 준비를 하다 생각할수록 분이 나서는 '나쁜 놈, 나쁜 놈.' 하며 소파에 주저앉아 버렸다. 잠시 뒤 전화벨이 울리니 분위기를 어림한 지윤이가 날쌔게 달려가 수화기를 집어 든다. 남편이다. 아빠를 확인한 지윤이가 대뜸 분한 목소리로 이리 말한다.

"아빠, 엄마 지금 나쁜 놈 때문에 엄청 화났어."

고 작고 예쁜 입에서 흘러나온 욕이건만 영문도 모르고 분해 하는 저 아이는 내 편이구나 싶으니 삭지 않고 부글거리던 화가 스르르 가라앉기 시작한다.

내 질문은 나답게

치현이 이야기

옛 추억에 젖어 개봉과 동시에 본 영화가 있다, '슈퍼맨 리턴즈'.

미국의 우월감을 노골적으로 표현하였든 어쨌든 어린 나에게 원더우먼과 슈퍼맨은 얼마나 근사하고 멋졌는지……

돌아온 슈퍼맨은 더 근사하고 더 뛰어난 초능력을 가지고 있었다. 그러나 어른이 되어 버려 재회하자니 가끔 하품을 흘려내고 말았다.

아는 이 중에 슈퍼맨 엄마가 있다. 가끔 한의사와 한약의 도움으로 기력을 회복하는 약한 체력임에도 아이들의 행복을 위해 늘 준비하고 행동하는 엄마다. 보통의 엄마들이 미래의 행복을 담보로 현재의 아이들을 위해 학원과 공부로 관리하는데 반하여 지금 누릴 수 있는 아이들의 즐거움에 그 노력을 들인다. 그런 노력을 들이니 아이들의 모습도 밝고 예쁘다. 늘 아이들 눈높이에 있다 하여도 실수는 있는 법. 어느 날 둘째 치현이에게 아마도 조금 어려운 질문을 하였나 보다. 치현이가 엄마 눈을 보며 이리 대답을 내어 논 것을 보면 말이다.

"엄마, 저는 7살이거든요. 그건 7살이 대답할 수 있는 질문이 아니에요. 제께 아니라구요."

　예전에는 서너 살에 한글을 읽거나 천자문을 읊으면 TV에 나오며 신동 소리를 들었다. 지금은 서너 살에 한글을 못 읽으면 부모가 도대체 무얼 하냐는 소리를 듣는다.

　어느새 아이들은 슈퍼맨이 되어 있다. 스폰지 이론 속에 무엇이든 쑥쑥 빨아들이는 신기한 능력의 소유자들이라 속삭이며 만능인이 되어라 훈련시킨다. 치현이의 대답은 다시 한번 내가 아이들을 대하는 눈높이를 조절해 주었다. 어쩌면 리턴한 슈퍼맨이 평범해 보였던 것은 너무도 많은 슈퍼맨들을 단지 내에서 접했기 때문인지도 모르겠다. 슈퍼맨은 한 명으로 충분하다.

완전한 사랑을 위한 필수품

은지 이야기

양평으로 향하는 길. 시작은 참으로 좋았다. 간간이 웃음 소리도 나고 후덥지근한 날씨에도 몸은 가볍고. 그러다 10여분도 채 되지 않아 차 안 공기가 수상해졌다.

아이들 방학 이야기로 넘어 가다 남편 말색이 곱지 않음을 내가 눈치 챘기 때문이다. 곧바로 응대하는 내 말투에 가시가 돋아나기 시작하니 뒷 좌석 아이들의 재잘거리는 소리도 잦아들고 숨소리조차 조심스러워진다. 뒷감당이 버거운 남편이 금새 상냥한 남편으로 돌아왔지만 먹물들은 내 심사는 그 속도를 따라잡지 못 하고 있었다. 그러자 은지가 아빠를 나무라듯 묻는다.

"아빠! 아빠는 캬라멜콘과 땅콩이 좋아, 엄마가 좋아?"

"당연히 엄마지."

"그럼, 최상급 한우 갈비가 좋아, 엄마가 좋아?"

"당연히 엄마지. 아빠를 뭘로 보냐?"

"내가 좋아, 엄마가 좋아?"

"당연히 엄마지. 미안해도 할 수 없다."

"거봐, 엄마. 아빠는 엄마가 제일 좋다잖아. 이제 그만 풀어."

"아냐, 아빠는 캐러멜콘과 땅콩하고 한우갈비를 더 좋아해. 걔네들한테는 화 안내잖아."

은지의 말이 우스워 벌써 화는 풀어졌지만 남은 심술보가 시키는 대로 여전히 고개를 모로 돌리고 억지를 부렸다. 그 억지를 잠시 심사숙고하던 은지가 이리 대답한다.

"엄마, 완전한 사랑을 위해서는 싸움이 필요해서 그래. 다 싸우면서 큰대잖아 똑같은 거야."

"푸하하하~ 완전한 사랑! 그래서 너희들은 매일 싸우니? 완전한 사랑을 위해?"

"뭐, 그렇다고 할 수 있지."

완전한 사랑을 위한 필수품이 싸움이라니, 우리 부부 완전한 사랑에 오늘 조금 더 가까워졌다.

대책이 없는 건 아니에요

영상이 이야기

보물찾기하듯 신이 나서 삐라를 줍던 때가 있었다.

지금은 심심산골 즈음에서 발견한 빛바랜 '간첩신고113' 문구를 발견할라치면 영화세트장이 아닌가 둘러 보게 된다.

나라 없는 설움과 자꾸만 덧나 짓무르는 전쟁의 아픈 기억을 물보다 진하다는 피로써 전해 내려 주던 세대가 우리 부모님들이었다. 그 때의 어릴 적 우리 꿈의 기준은 애국이거나, '훌륭한 누구'로 불릴 수 있는 '명예'이거나 였다.

그런데 세상이 변했다. 지금의 아이들에게 피로써 전해줄 아픔도 우리에겐 기억되는 바 없고 아이들은 부족함 없고, 힘들여 존경받고 싶지 않아 하니 꿈의 기준이 달라질 수밖에 없다.

현대에서 가장 큰 힘인 '돈'의 매력을 태어나 일찍부터 맛보고 있으니 아이들 장래희망의 대부분은 좀 더 쉽게 즐기면서 많은 돈을 벌 수 있는 것이 대부분이다. 부모들도 금쪽같은 내 새끼가 편안할 수 있도록 그런 꿈들을 부추길 수 밖에 없는 것도 현실이다.

당연히 공부하도록 닦달하는 잔소리의 수단으로 미래를 끌어 올 수

밖에 없다. 그 날도 영상이 엄마는 '아차' 싶으면서도 어쩔 수 없이 아이들에게 이런 훈계를 하고 있었단다.

"너희들 지금은 엄마 아빠가 하고 싶은 거 먹고 싶은 거 다 해주지만 이다음엔 너희들이 스스로를 책임지어야 하는 거야. 공부 안 하고 이다음에 아무 일도 하지 못하면 어떡할 거니? 차도 못 사고 집도 못 사고......"

딸내미는 어느 정도 심각한 표정을 짓는데 영 감이 안 잡혀 하던 영상이가 이리 대답을 했단다.

"그런데 엄마, 이다음 이다음에 엄마 죽으면 이 집은 어떡할 건데?"

에고~ 대책이 아주 없는 건 아니였구나.

눈물 버리는 곳

지윤이 이야기

애틋하다는 감정을 난 지윤이에게서 배웠다. 태어나 걷기도 전부터 받은 큰 수술과 작은 수술들을 치자면 9살 지윤이의 인생행보는 강행군이었다. 아무리 눈물바람으로 가슴이 저려도 자식의 고통을 대신 할 수 없기에 오는 절망감도 느껴봤다. 그래도 이제는 씩씩한, 아무도 지윤이의 과거를 모를 만큼 밝은 지윤이를 보면 그냥 내 눈 앞에 서 있는 것만으로도 기특하다.

종합병원으로 불리는 지윤이가 아직도 다니는 곳은 안과와 이비인후과이다. 이번 주에도 번갈아 가며 정기 검진을 받다가 예상치 못 한 복병을 만났다. 귀에 삽입한 환기구 속으로 새로운 살점이 돋으면서 출혈이 생긴 것이다. 간단하다 했지만 마음의 준비 없이 간지라 마음이 어수선해졌다. 부분 마취를 하고 아이만 들어간 진료실 밖에서 서성이는 그 짧은 시간에 찍은 불안함은 대기실을 가득 채워 버린다. 잠시 후 지윤이가 눈물이 그렁한 채로 쉴 새 없이 지저귀던 입을 꼭 다문 채 내 옆에 앉는다. 저리는 가슴을 누르며 다독이려는데 갑자기 벌떡 일어나 이렇게 말한다.

"엄마, 나 화장실. 쉬가 급하네."

몰래 따라갔다 몰래 돌아온 의자로 지윤이가 돌아왔다. 맛난 거 사주겠다며 쪽쪽거리면서 또 내 탓을 한다. 집으로 돌아오는 길. 평소 모습으로 돌아 온 지윤이가 입을 연다.

"엄마, 나 사실은 화장실에 눈물 버리고 왔어. 엄마가 슬플까봐."

운전대에 얹혀진 손에 힘이 들어간다. 저린 가슴이 입술을 흔들어 잠시 동안 아무 말도 못 하고 꼭 깨물고 있다.

슬픔을 바가지로 담자면?

지윤이 이야기

벌써 10여년 전이다. 뉴스를 보다 갑자기 사색이 된 남편이 전화를 이리 저리 걸더니 눈물을 쏟았다. 절친한 공군 친구가 비행 훈련 중에 추락사를 했던 것이다. 그 때의 황망함이란……

그 후로 현충일이면 우리 가족은 아침 일찍 차를 달려 대전으로 향한다. 처음 몇 년 간은 친구 부모님의 눈물을 마주 대하는 시간이 힘들기도 하였다. 자식을 먼저 보낸 슬픔을 그렇게 가까이서 대하기는 처음인지라 누워있는 친구에게 절하는 일보다 몇 배는 어렵고 힘들었다.

그렇게 짙은 슬픔도 10여년 세월이 다독이니 이제는 친구 만나러 가는 길도 가벼워졌다.

해마다 그렇듯 참배할 친구의 묘지로 가는 길, 아이들과 아빠 친구를 만나러 왜 이곳에 오는지, 현충원이 어떤 곳인지 이야기를 나누게 되었다. 지윤이가 가장 궁금한 것이 있다며 이렇게 말문을 연다.

"엄마, 아빠가 엄청 슬펐겠네. 그래서 울었겠네."

"그럼, 아주 많이 슬퍼서 아주 많이 우셨지."

"얼만큼? 바가지로 몇 바가지?"

슬픔이 마음에서 넘치면 흐르는 눈물이 얼만큼인지 궁금한 지윤이가 정확한 양을 말해 달라고 재촉을 한다.

"한 천 바가지쯤."

"정말? 아빠 진짜 슬펐구나. 와~ 천 바가지!"

현충일에 대한 공감은 아직 아이들에겐 어렵나 보다. 다만 친구를 잃었을 때의 그 슬픔이 궁금하고 걱정스러울 뿐이다.

참배를 마치고 친구의 가족들을 만나서 그 동안의 안부를 묻는다.

적어도 한 두 바가지의 눈물을 잔디에 뿌리고서 헤어졌던 그 곳에서 이제는 한 두 바가지의 웃음으로 이야기 할 수 있는 지금이라 안도하며 작별 인사를 한다.

난생 처음

지윤이 이야기

하루에도 서너 번은 지윤이 입에서 나오는 단골 단어가
새로이 생겼다. 바로 '난생 처음'.

손뼉을 치기도 하고 발을 동동 구르기도 하는 사랑스런 호들갑이 곁
들여진 지윤이의 '난생 처음'인 경험들을 듣자면 나도 모르게 주위를 둘
러보게 된다. 늘 익숙한 아파트 단지가 새롭게 느껴지기 때문이다. '난생
처음'이 발생한 곳이니 말이다. '처음'이란 단어만큼 사람을 들뜨게 하
고 신나게 만드는 것이 또 있을까? 난생 처음으로 세 계단을 뛰어 내렸다
든지, 난생 처음 코피를 묻혔다던지(양이 하도 적어서), 난생 처음 신어
본 신발이라든지……. 난생처음이란 단어를 붙임으로 인해서 너무도 평
범한 일이 신나게 변신을 하는 것이다. 그 모습이 내겐 난생 처음 보는
시시한 것들이라서 놀랍기도 하고 신기하기도 하다.

남편의 바쁜 일정 탓에 결혼기념일을 후다닥 넘겨야 되었다. 그럼에
도 남편은 가회동의 태국음식점인 'AFTER THE RAIN'이라는 곳을 예
약해 놓았다. 가회동이란 곳은 꽤 매력적인 동네다. 정갈한 한옥과 작은
박물관과 갤러리들이 오밀 조밀 모여 있어 예약 시간보다 일찍 도착한 1

시간여를 아주 즐겁게 보냈다.

레스토랑 역시 너무나도 분위기가 좋아 은지와 지윤 공주를 아주 흡족케 하였다. 편식이 심한 지윤이가 두려워하는 음식 주문 시간이 되었다. 먹은 것 없이 배부르다는 지윤이를 빼고 세 명만 주문을 막 마치려는 즈음이었다.

"엄마, 잠깐 여기에도 공기밥이 있네. 난 그거 할께."

남편과 나와 은지가 코스 요리를 아주 우아하게 즐길 때 지윤이는 '난생 처음' 으로 태국 레스토랑에서 공기밥을 커리에 찍어 아주 맛나게 비웠다.

마지막이 제일 좋아

지윤이 이야기

어린이날을 며칠 앞두고 '지구의' 이야기가 머릿속에서 뱅뱅 도느라 아이들 선물을 선뜻 정할 수 없었다. 한 때는 존경받던 '세상은 넓고 할 일은 많다'던 그 분의 영향으로 아이들에게 세계지도와 지구의를 선물하던 것이 유행이던 때가 있었다. 한 선생님도 아이들에게 세상을 품으라는 원대한 포부를 안기기 위해 어린이날 선물로 지구의를 선물했단다. 세월이 지나 그 아들이 20대에 접어들었을 때, 오고 가는 대화 중에 자신의 어린이날 선물 중 최악은 '지구의'였다는 토로가 있었다고 한다. 어른과 아이들의 메워지지 않는 간극처럼 그렇게 지구의가 돌고 있었던 것이다. 그렇다고 아이들의 소망대로 해 주자니 핸드폰에 MP3라 나이에 맞는 선물도 아닌지라 어찌할까 망설이게 되었다. 결정은 간단한 곳에서 났다. 남편이 아카펠라로 이야기를 이끄는 '거울공주, 평강공주'라는 뮤지컬을 예약해 놓은 것이다. 썩 기뻐하지 않는 아이들에게 2차 선택이었던 만화책을 한권씩 사주고는 마음 속 지구의를 마음 밖으로 분리수거해버렸다.

어린이날, 아카펠라라는 새로움에 잠시 즐거워하던 아이들이 이내 표정도 동작도 잠잠해 지더니 지윤이가 잔다. 문득 지구의가 다시 마음속으로 들어와 빙빙 돌고 있는 기분이 들었다.

앤딩이 끝나고 배우들이 인사를 마치자 생각지 못한 앤딩이 하나 더 기다리고 있었다. 공연 마지막에 일정 액수를 지불한 한 팀에게 고백의 장을 마련해 주는 코너였다. 부스스 일어나 나가려던 지윤이와 은지 눈이 반짝인다. TV에서나 보던 사랑 고백과 키스와 러브송이 흘러나온다. 많은 사람들의 박수 소리와 함께 케익 커팅을 하는 장면도 너무 신기하고 재미있어 아이들의 눈에선 공연 내내 보이지 않던 삐리릿 광선이 연신 빛을 발한다.

"엄마, 마지막이 제일 재밌어."

'거울공주, 평강공주' 는 어떤 기억도 없이 사라졌지만 내 마음 속의 '지구의' 를 함께 데리고 갔다는 사실에 만족스런 어린이날이라 위로해 본다.

비바람 휘날리며

은지 이야기

최악의 황사를 잘못 예보한 기상청이 앞으로도 '맞아 떨어지는 예보'를 할 수 없다는 황당한 사과를 한지 어언 한 달이 되어간다. 일기 예보로는 늘 뒤통수를 치는 기상청이 그 사과만큼은 확실하게 지켜내는 모습에 어이없음이 하늘을 찌른다.

봄이면 늘 치러지는 행사 중에 백화점 그림 그리기 대회가 있다. 봄 소풍 삼아 늘 참가해 하루를 즐긴다. 올해는 사정상 남편이 빠지고 은지 친구네와 함께 참석하게 되었다. 전날 약한 황사와 오후 늦게 적은 양의 비를 뿌린다는 날씨 예보를 확인하고 서둘러 올림픽 공원으로 갔다. 햇살이 하도 부드럽고 밝아 마음을 턱 놓고서는 김밥도 나눠 먹고 과일도 나눠 먹으며 도화지에 마음처럼 옮겨 지지 않는 그림도 그려 놓기 시작했다. 푸른 잔디 곳곳에 조금씩 다른 풍경으로 앉아 있는 많은 가족들의 모습이 꼭 오늘의 그림 주제처럼 정겹게 느껴져 즐거웠다. 그러다 정오가 지나면서 바람이 불더니 날이 흐려진다. 그림을 제출했기에 실내놀이터에서 놀자는 제안으로 계속 머물고픈 아이들을 설득해 서둘러 정리를 시작했다. 코끼리 열차를 타려고 줄을 선 순간 세찬 바람과 함께 소나기가 쏟아졌다. 하늘을 막을 공간이라곤 공원의 특성상 찾기 힘들어 돗자리로 서로들 나누어 붙들고는 비바람을 조금씩 피하려니 오랜만에 맞는 봉변이 아닐 수 없다. 그 와중에도 아이들은 재미있어하며 비바람 속에서도 연신 웃음보가 터지니 아이들의 순수란 역시 예측불가이다. 창문 없는 코끼리차에 간신히 오르고 나니 어찌하지도 못 하고 비바람에 그대로 온 몸을 갖다 바치고 만다. 지나가는 코끼리차 옆으로 수많은 사람들이 힘겹게 발걸음을 옮기고, 크락션 소리에 질서 없는 차들의 우왕좌왕 행렬이 눈에 들어오니 영락없는 전쟁 속 이어지는 피난 행렬이다.

겨우 입구에 젖은 생쥐꼴로 도착하니 반갑게도 은지 친구 아버님이 우산을 잔뜩 갖고 기다리신다. 한숨 돌리며 주차장까지 꺽이려는 우산 달래며 힘겹게 걸음을 옮기는데 은지가 신이 난 목소리로 날 부른다.

"엄마~ 우리 영화 찍는 거 같다. '비바람 휘날리며' 같지 않아?"

아이들의 즐거움과 어른들의 오한과 기상대의 오보로 제작된 '비바람 휘날리며' 미술대회는 아마도 쉽게 잊혀지기 어려운 추억이 될 듯하다.

아이들의 말에선 맑은 방울소리가 난다.
마음을 기울여야 들리는...